東《あずま》家《け》の四兄弟

滝羽麻子

Takiwa Asako

祥伝社

東《あずま》家《け》の四兄弟

装画　桂川峻哉

装幀　岡本歌織 (next door design)

★/★

この世界には二種類の人間が存在している。占いを信じる者と、信じない者である。世間一般において、その比率がどうなっているのか、真次郎《しんじろう》にはわからない。半々くらいならありがたいけれども、いささか楽観的すぎるだろうか。三対七か、いや二対八か、ひょっとすると一対九程度かもしれない。

ただし、それはあくまで世の中全体での平均値にすぎない。真次郎の仕事相手に限っていえば、まったくあてはまらない。

チャイムが鳴った。

壁に据《す》えつけられたインターホンの液晶画面をのぞく。ビルの共同廊下を背景に、見知らぬ女性の顔が映っている。画質が粗《あら》い上にやや逆光になっていて、人相も年頃も判然としない。もっとも、年齢は知っている。予約を受けるときに生年月日を聞いた。彼女は五十六歳、真次郎の母親と同い年だ。通話ボタンを押すと、かぼそく上品な声がスピーカー越しに届いた。

「お電話で予約させていただいた、金子《かねこ》と申します」

「お待ちしておりました」

部屋を出て短い廊下を進む。こぢんまりとした玄関ホールに、天井からぶらさがったランプが玉子色の光を投げかけている。ホールを挟んで反対側にも廊下がのびていて、その先は父の仕事部屋だ。それぞれの客が鉢あわせしてしまうのを避けるため、予約の時間枠はずらしてある。

入口の引き戸に手をかける。小さく息を吸いこんだ拍子に、かすかな香《こう》が鼻腔《びくう》をくすぐった。ほんのり甘くてわずかに苦い、この独特の匂いが、真次郎は昔から好きだった。こうして仕事場に焚《た》きしめられた香は、ここで一日を過ごす父の体にも染みこんでいた。弟たちと競いあうように、帰宅した父にまとわりついては、仔犬のようにくんくん嗅《か》ぎ回ったものだった。なぜだか自然に全身の力が抜けて、気持ちが和《やわ》らいだ。父の存在を感じて安心できるからというばかりではなく、この香りそのものにも精神を鎮《しず》める効果があるらしい。

お客様にくつろいだ気分になってもらうことは、とても重要だ。香だけではない。店内には質のいいアンティーク家具をそろえ、照明や温度にも気を配り、隅々まで丁寧に掃除している。

そしてもちろん、真次郎自身がどのような印象を与えられるかも大事である。

「お待たせしました」

引き戸を開け放ち、にこやかに声をかける。

金子がはじかれたように顔を上げた。真次郎と目が合うなり、すぐにまた下を向いてしまう。眉間《みけん》にしわが寄り、口もとはひきつっている。真次郎は一歩下がって、手のひらで中を示した。

「本日はようこそいらっしゃいました。どうぞ、中へ」

金子は動こうとしない。うつむいたまま、共同廊下と玄関ホールをへだてる引き戸の溝を凝視している。

真次郎は急《せ》かさずに見守った。予約の電話で、プロの占い師に鑑定を依頼するのははじめてだと聞いた。つまり今ここで、金子は境界線を踏み越えようとしているわけだ——言うなれば、一対九の、九の側から一の側へ。

金子がおずおずと足を踏み出す。ようこそ、と真次郎は心の中でもう一度言った。こちら側の世界へ、ようこそ。

一旦停止の黄色い線の手前で、優三郎《ゆうざぶろう》はブレーキをかけた。左右を確認し、再びゆっくりと発進する。

背の高い棚に挟まれた通路は、フォークリフトがぎりぎり通れるくらいの幅しかない。ぶつからないように細心の注意をはらって運転しなければならない。倉庫の中では他にも幾人《いくにん》もの作業員が働いているが、隙間《すきま》なく積みあがった段ボール箱に視界をはばまれて姿は見えない。

孤独な仕事だとこぼす同僚もいるけれど、他人にわずらわされず黙々と作業をこなせるこの職場を、優三郎は気に入っている。入庫された荷物を運んであるべき場所に格納し、出庫すべき荷物を運んで運送トラックに積みこむ。果てしなく続く単調な繰り返しは、単調だからこそ心が落ち着く。作業そのものに変化はなくとも、倉庫の中身は着実に入れ替わっている。

入庫作業が一段落ついたところで、昼休みに入った。

コンビニ袋をぶらさげて、通用口を抜けた。車のびっしり並んだ駐車場をななめにつっきっていく。マイカー通勤の同僚も多い中、優三郎は自転車を愛用している。荒天の日だけ路線バスを使う。

隅の裏門から、海べりの遊歩道に出る。ベンチが等間隔に並んでいる。気候のいい時季は近隣の工場や倉庫の従業員でそこそこにぎわうが、この寒さでは閑散としている。さびしげな波音の響く小道を、潮風がびゅうびゅうと吹き抜けていく。

いつものベンチに腰を下ろし、おにぎりにかぶりついた。ここで働くようになって、食べる量がめっきり増えた。半日過ごしただけで異様に腹が減る。腕にも足にも多少は筋肉がつき、健康的になったと家族にも褒《ほ》められる。あっというまに四個のおにぎりを胃におさめてしまうと、これもいつものとおり、ぼんやりと海を眺めた。対岸の埠頭《ふとう》に貨物船が停泊し、巨大なクレーンが荷を降ろしている。あれは運転が難しそうだなあと見入っていたら、突然背中をはたかれた。

「おい、東《あずま》」

飲みさしのペットボトルを取り落としそうになった優三郎の隣に、主任がどすんと腰を下ろした。たばこをくわえて火をつける。

「このくそ寒いのに、こんなとこでなにしてんだ」

前を通りかかった作業服姿の若者が、ちらっとこっちをうかがった。心配してくれているのかもしれない。以前に比べればたくましくなったといっても、いかつい主任とこうやって並んでいると、優三郎はいかにもひ弱に見えるに違いない。

「そんな薄着で、風邪ひくぞ?」

実際には、主任こそ優三郎のことを心配してくれているのだった。

一対一で話してみれば、見かけほどはこわくない。屈強な体つきに加え、鋭い眼光が誤解のもとだ。新米の学生バイトなど、ひとにらみされただけで震えあがっている。優三郎も例外ではなく、現場で彼の姿を見かけるたびにびくびくしていた。

大学に入ってはじめての夏休みに、優三郎はこの倉庫で働き出した。無趣味で友達も少なく、部活やサークルに入るでもなく、とにかく時間を持て余していた。せめてアルバイトでもしようと思いたち、求人サイトで検索してみた。居酒屋やコンビニの店員、家庭教師に塾講師、工事現場の交通誘導や引越の作業員など、学生可の仕事は多かったが、どれも優三郎にはつとまりそうになかった。接客業は絶対に向いていない。さりとて頭脳や体力にも自信はない。消去法で選んだのが、倉庫内の軽作業だった。

注文された商品を在庫の棚から探し出し、梱包する。単純作業とはいえ、慣れるまではてんてこまいだった。広大な倉庫の中で迷子になりかけ、遅いと怒られてあせり、あせるあまり品物を間違え、また怒られた。それでもどうにか続けているうちに、じわじわとコツがつかめてきた。一年が過ぎるともはや古株とみなされ、さらに一年後には、卒業したらうちに就職しないかと社員から打診された。

それが主任だ。仕事には人一倍厳しいが、その分、まじめにやっていれば公平に評価してくれる。辛辣《しんらつ》な物言いも、口が悪いというよりは正直すぎるのだ。最初は全然期待してなかったんだよな、といつだったか優三郎もしみじみと言われた。ひょろひょろで、やたらきれいな顔して、使いもんにならんだろうなって。悪かったよ、見た目で決めつけて。

第一印象にひきずられていたのは、お互い様だったらしい。

その後はなにかと目をかけて、正社員への昇格までお膳立てしてくれた。会社の業績は順調で待遇は悪くない、それに大学出の優三郎なら高卒の自分より早く出世できる、ゆくゆくは本社勤務だってねらえる、と熱弁された。優三郎としては、出世にも本社にも興味はない。できればずっとおとなしく倉庫で働いていたい。誘いを受けたのは、会社の魅力に惹《ひ》かれたというより、あんまり熱心にすすめられて断りづらかったからだ。

といっても、後悔もない。業務内容にも給料にも、さしあたり不満はない。フォークリフトの免許も社費でとらせてもらった。アルバイト時代も合わせれば、もう勤続七年目になる。優三郎なりに、この職場になじんだつもりだ。少なくとも浮いてはいない。

しかし、これまた見かけによらず心配性の主任は、そう思ってはいないようだ。

「こんなとこでひとりぼっちで飯食って、さみしくないか？」

そうでもない。かえって気楽だ。

昼休みばかりではなく、業務時間外に同僚とのつきあいはほとんどない。更衣室や休憩所で一緒になったら軽く雑談をかわす程度だ。優三郎の班は大半が車通勤で、仕事あがりに軽く一杯、というような悪習もない。全員参加の忘年会と歓送迎会にだけ、一応出席している。

「困ったことがあったら、いつでも相談しろよ」

これまでにも何度となく言われていることだった。入社をすすめた手前、責任を感じてくれているようだ。

「ありがとうございます」

優三郎は素直に頭を下げた。入社してこのかた、業務面でも精神面でも支えてもらっている。優三郎が他の同僚とつかず離れずの距離をおき、つつがなく働いていられるのも、主任の存在があってこそだろう。ひとづきあいが得意でないとはいっても、親しく口を利ける相手が誰ひとりいなかったら、さすがにきつい。

「なんだよ、急にあらたまって」

主任がもぞもぞと身じろぎした。ポケットから携帯灰皿を出し、たばこをもみ消す。

「戻ろうぜ。いつまでもこんなとこにいたら、凍《こご》えちまう」

「すいません」

「なんで謝ってんだ。寒いのはお前のせいじゃねえだろうよ」

寒いのは、優三郎のせいじゃない。だが主任が寒い屋外まで出てきてくれたのは、優三郎のためだろう。それも、貴重な休憩時間を割いて。

「一本喫《す》いに来たんだよ、おれは。そしたら、たまたまお前がいたから」

主任はベンチから立ちあがり、ふと振り返って、座っている優三郎をしげしげと眺めた。またなにか憎まれ口でもたたくのかと思ったら、

「男前は得だな」

と、感慨深げに言う。

「なにやってたって、絵になっちまうんだもんな。風に吹かれて海なんか見てると、どっかの俳優みたいだ」

そんなことを言われても返事に困るが、主任も別に返事は求めていないようで、言いたいことだけ言い終えるとすたすたと歩き出した。優三郎も急いで後を追う。

不規則な水音で、恭四郎《きょうしろう》は目を覚ました。

雨だろうかと思いつつ、重いまぶたをしぶしぶ開けたとたん、まぶしくて目がくらんだ。窓の向こうに青空が広がっている。明るすぎる日光を避けて、寝返りを打った。おかしい。こんな快晴で、なんで雨音がするんだろう。

おかしなことは、他にもあった。ふとんにくるまっているのに薄ら寒い。特に下半身がすうすうする。まだ寝ぼけたまま腰のほうへ手をやって、眠気が飛んだ。

閉じかけていた目を見開き、跳ね起きた。上半身のほうは、裸ではなかった。ただし、この

Tシャツは恭四郎のものではない。

こわごわ室内を見回す。Tシャツだけでなく、ふとんにも毛布にも、半分開いた水色のカーテンにも、見覚えはない。唯一の例外は、床に落ちていたトランクスだけだった。そそくさと拾って身につけたあたりで、記憶がよみがえってきた。

ゆうべはここに泊めてもらったのだった。

夕方からダンスサークルの練習に出た後、後期試験の打ち上げとして企画された、クラスの飲み会に参加した。二次会はカラオケに繰り出し、解散したのは十一時過ぎだった。

恭四郎は実家住まいだ。自宅から都内にある大学までは一時間ほどで、じゅうぶん通学圏内なのだが、終電間近の混みあった下り電車に乗るのは気が進まなかった。運動した上に歌いまくり、酔いも手伝って体がだるかった。帰るのが面倒くさいとぼやいていたら、うちに泊まっていいよ、と女子のひとりが親切にも言ってくれた。

なにはともあれ自分の服に着替え、恭四郎はベッドの上であぐらをかく。雨音もといシャワーの音はまだ続いている。こぢんまりとしたワンルームをもう一度見渡してみて、冷蔵庫の扉に貼られた写真が目にとまった。

どこかの海辺で、楽しくてたまらないと言わんばかりに大口を開けて笑っているのは、この部屋の主であるクラスメイトだ。隣に、黒ぶちのめがねをかけた、まじめそうな風貌《ふうぼう》の男が寄り添っている。

ごめんよ、と心の中で一応謝っておく。だけど、あんたにも責任がないわけじゃないからな。

昨晩借りた部屋着は、彼のものだ。ここへ泊まりに来たときのために、ひとそろい置いてあるという。たたんだTシャツを恭四郎に手渡してくれた彼女は、最近はほとんど使ってないけどね、とため息をついていた。三つ年上の恋人は、去年の春に大学を卒業し、銀行に就職したそうだ。関西の支店に配属されたため、遠距離恋愛がはじまった。

「最初のうちは毎週末こっちに帰って来てたけど、今はせいぜい月一ってとこ。仕事がめちゃくちゃ忙しいらしくて。年明けからずっと会えてないし、このままだと自然消滅かも」

飲んで騒いでいたときとは別人のような、暗い顔つきだった。

「好きなんだね」

恭四郎が思わずつぶやくと、彼女はさっと顔を赤らめた。

「悪い？」

「いや、悪くないよ全然」

にらまれて、恭四郎はあわてて首を振った。茶化したつもりはなかった。むしろ、褒めたといっても過言ではない。

「おかしいよね」

子どもみたいに膝を抱えて、彼女は力なく笑った。

「こうやって、友達にも簡単にばれちゃうくらいなのに、なんで本人には伝わらないんだろう？」

恭四郎は胸をつかれた。無理しているのが見え見えのぎこちない微笑《ほほえ》みにも、途方に暮れたような頼りないかすれ声にも。

「はっきり言ってやれば？」

それができたら苦労はしないよな、と思いながらも提案してみた。

「言えないよ、そういうキャラじゃないし。大変なときなのに、重荷になりたくない」

うつむいた彼女を、恭四郎はつい抱きしめてしまった。

報われない想いというやつに、恭四郎はどうも弱い。それも、一方的に自分の気持ちを押しつけるわけではなく、相手の身になって、じゃましないように踏みとどまろうというのだ。いかにも健気《けなげ》で、いじらしい。

だからせめて、たとえつかのまでも、そのさみしさを埋めてあげたかった。あたたかい人肌にふれれば、ちょっとは気がまぎれる。

シャワーの水音がやんだ。恭四郎は背筋を伸ばし、浴室のドアが開くのを待ち受ける。

★
★

真次郎は一歩先に立って、奥の部屋まで金子を案内した。

「どうぞ、おかけ下さい」

ソファをすすめ、小ぶりのテーブルを挟んで向かいの椅子《いす》に座る。ブラインド越しにさしこむ陽光のせいか、それともようやく腹を括《くく》ったからか、金子の表情は先刻より幾分やわらかく見える。遠慮がちに周りを見回しているのも、余裕が出てきた証《あかし》だろう。

室内の様子に戸惑ってもいるかもしれない。来店前に想像していたのと違った、と他の客もよく言う。ドラマや漫画に登場する占いの館のたたずまいは、たいがい似通っている。魔女のような黒装束に身を包んだ占い師が薄暗い小部屋で待ち構えていて、謎《なぞ》めいた水晶玉に手をかざし、思わせぶりにタロットカードを並べ、もったいつけてお告げを言い渡す。

昔はそういう店も多かったのかもしれない。もしかしたら、今でも存在するのかもしれない。でも、うちは違う。

五階建ての雑居ビルは駅前の大通りに面していて、最上階は抜群に日当たりがいい。壁も天井もさっぱりと白く、うららかな陽《ひ》ざしがあふれている。壁際の書棚に本とファイルが並び、デスクにはノートパソコンが置いてある。長年世話になっている、真下の四階にある税理士事務所の応接室と、見た目はさほど変わらない。糊《のり》のきいた白いシャツに紺色のジャケットをはおった真次郎も、ネクタイこそしめていないものの、税理士に負けない程度の清潔感はあるだろう。

このビルは、フロアごとにひとつずつテナントが入っている。一階は和菓子店、二階は小学生向けの学習塾、三階は眼科で、階によって客層ががらりと異なる。先月だったか、塾に子どもを迎えに来たらしい母親が数人、ビルの入口にはめこまれた案内板の前で立ち話をしていた。

「五階のこれ、なんだろうね？」

真次郎はとっさに柱の陰に身を隠し、耳をそばだてた。

「トウセン堂？　って読むのかな？」

ご名答だ。東の泉と書いて、東泉堂《とうせんどう》と読む。

「古道具屋さんとかじゃない？」

こちらは、正解にはいたらなかった。薬局、本屋、文房具店、と他にもとりとめなく推測が飛びかっていたが、ほどなく子どもたちが出てきて話はとぎれた。本気で正体を知りたかったわけでもないのだろう。もし五階まで上がってきても、そっけない表札が出ているだけで、なんの店か言いあてるのは難しいはずだ。

「ご予約ありがとうございました。どうぞよろしくお願いします」

真次郎は居ずまいを正し、あらためて頭を下げた。

「今日は、なにについて占いましょうか？」

金子は深刻なおももちで答えた。

「ここ最近、なにもかもうまくいかないんです」

「なにもかも、ですか」

真次郎は神妙に復唱した。はじめての客は、こういうあやふやな物言いをよくする。占い師たるもの、くどくどと説明しなくても、たちどころに問題を見抜いてくれるはずだと思いこんでいるのだ。占いの世界に慣れていない初心者にありがちな、勘違いである。

それは占いではない。超能力だ。この業界では、霊感とも呼ぶ。そういう特殊な力を備《そな》えている――もしくは備えていると言い張る――占い師もいなくはないけれども、ごく少数派にすぎない。

真次郎も含め、ほとんどの占い師は、まず客の話に耳を傾けるところからはじめる。どんな話でもとにかく傾聴すべし、とは父の教えでもある。鑑定に役立つのみならず、双方のきずなを深める効果もある。人間は、己の話を真摯《しんし》に聞いてくれる相手に悪い感情は抱かない。信頼関係を築いておけばこちらの言葉も届きやすい。また、話すという行為そのものにも、意義がある。胸の裡《うち》を吐き出したら多少なりともすっきりするし、順を追って説明していくうちに本人の頭も整理される。心療内科のカウンセリングみたいだと評されることもある。ありのままを吐露してもらうという面では、通じるところがあるかもしれない。

医者は心理学の理論を手がかりに、患者の精神分析を進める。一方、占い師のよりどころとなるのは、おのおのの身につけた占術《せんじゅつ》だ。占術とひとくちにいっても、文字どおり千差万別である。星占い、四柱推命《しちゅうすいめい》、数秘術、九星気学《きゅうせいきがく》、タロット、易《えき》、手相に顔相、風水、それぞれに専門家がいる。硬貨の裏表で判断するコイン占いや、コーヒーカップに残った跡を読むコーヒー占いなんてものまである。

真次郎が主に扱っているのは、西洋占星術だ。あとは客の要望しだいで、タロットカードを使ったり手相を見たりもする。父が得意とする四柱推命や易といった東洋系の占術も、自由自在に使いこなせるとまではいかないものの、基礎はひととおり頭に入っている。客の中には、何人もの占い師のもとを渡り歩き、豊富な知識を蓄えている事情通もいる。プロとして負けるわけにはいかない。

その点、今回は気が楽だ。

「ご家庭のことで、なにかお悩みですか」

真次郎は探りを入れてみた。金子が目をみはる。

「ええ、そうなんです」

大きくうなずく。お悩みがいくつもあると訴えるかのように、何度も。

あたりだ。ただし、これもまた占いではない。金子を紹介してくれた常連客から、彼女は専業主婦だと聞いている。なにもかもうまくいかないと嘆く専業主婦がいれば、うまくいっていないのはほぼ間違いなく彼女の家庭だ。

実際に金子の話を聞いてみると、なにもかも、という表現はあながちおおげさでもなかった。金子家は受難の時期を迎えているようだ。

ほんの半年前までは、なんの問題もなかったという。正確には、なんの問題もないと金子夫人は信じきっていた。大企業に勤める夫、子育て中の長女、父親と同じく一流企業に就職した次女、難関大学をめざして勉強に励《はげ》む三女、家族全員をこよなく愛し、誇らしく思っていた。近所で暮らす姑《しゅうとめ》も健康そのもので、それこそ「なにもかも」が順調に回っていた。

「自分で言うのもなんですけど、うちはなんて恵まれてるんだろうって思ってました」

自慢ではなく自嘲《じちょう》のにじむ口ぶりで、おめでたいですよね、と金子はつぶやいた。

昨年、夫は妻になんの相談もなく、早期退職制度で会社を辞めた。その直後に義母が倒れた。不慣れな介護で疲れ果て、長女に愚痴《ぐち》を聞いてもらおうとしたら、亭主の浮気で離婚するつもりだと打ち明けられた。悪いことは重なるもので、精力的に働いていた次女も、心身の調子をくずして休職してしまった。そしてつい先日、三女の妊娠が発覚した。

「しかも、どんなに聞いても父親が誰なのか教えてくれなくて」

涙ぐんでいる金子に、真次郎はそっとティッシュの箱を渡した。話の途中で泣き出す客は珍しくない。新米の頃はどぎまぎしたが、もう驚かない。

「大変でしたね」

平静に、しかし心をこめて、声をかけた。実際のところ同情を禁じえない。

「すみません。もう、どうしたらいいのか、混乱してしまって」

金子が目もとをおさえて洟《はな》をすする。真次郎はティッシュをテーブルの隅に寄せ、準備してあった紙を広げた。

まだ目を潤《うる》ませながらも、金子がわずかに身を乗り出した。

「これは?」

「ホロスコープ、といいます」

西洋占星術で用いられるホロスコープとは、ある特定の時点における星々の配置を描いた図表のことである。

正方形の紙いっぱいに描かれた大きな円は、天球を模《も》している。内側には十二等分の線がひかれている。まるいホールケーキを十二に切り分ける要領だ。その上に、星を示すしるしが描き入れてある。ケーキに飾るいちごなら均等に並べるだろうけれど、こちらはかなりばらつきがある。ひときれにいくつも集中しているところもあれば、空っぽのところもある。これが本物のケーキだったら、不公平だと文句が出るだろう。

天上の十二星座の間を天体がめぐっている、というのが西洋占星術の基本的な概念だ。星の動きや位置が、世界の動向や人間の運勢を左右すると考え、その運行をたどって個人の運命をも読み解く。雑誌やテレビで見かける十二星座占いも、同じ理屈に基づいている。あれは太陽のみに注目する、いわば簡易版だ。本格的な西洋占星術では、十の天体すべての動きを追う。

「個人の運勢を占うには、出生時のホロスコープを使うのが一般的です」

この世に生まれ落ちてくるというのは、どんな人間にとっても唯一無二の重大事といえる。その特別な瞬間の星々の配置は、個人の性格や資質に、またそこから幕を開ける人生にも影響を与えている。

「それで、予約のときに誕生日とかも聞かれたんですね」

もの珍しげにホロスコープを眺め、金子が得心したように言う。

生年月日に加えて、出生地と時刻も確認した。同じ誕生日でも場所や時間がずれれば、見える星空も異なる。昔は電卓をたたいて複雑な計算をこなし、手でホロスコープを描きあげなければならず、手間ひまがかかったらしいが、今はパソコンで簡単に作れる。

ホロスコープを描くだけなら、誰にでもできる。難しいのは、そこに秘められている意味をどう解釈するかだ。星からのメッセージを読む、とも言い換えられる。

そのメッセージを、必要としている相手に届けるのが、占いだ。すなわち、真次郎の仕事である。

★ ★ ★ ★

高校生というのは、なんでこんなに元気なんだろう。

つい二年前まで自分も高校生だったという事実は棚に上げて、恭四郎は半《なか》ばあきれ、半ば感心してしまう。これまた自身の高校時代を振り返れば、女子高生だってたまには疲れたり気が塞《ふさ》いだりするはずだけれど、クレープ屋の店頭では片時もそんな気配を見せない。

カウンターの前で延々と相談を続ける制服姿のふたりを、恭四郎は営業用の笑顔を貼りつけて延々と待っている。

「ダブルチョコナッツ、下さい」

「あたしはキャラメルバナナ、アイス入りで」

熟考の末に注文を決めた客たちと順に目を合わせ、「かしこまりました」とにっこりして答えた。はにかんだ笑みが返ってくる。

注文のメモを片手に、キッチンに移動する。といっても、カウンターの内側で数歩横にずれるだけだ。鉄板の中央に生地を流し入れ、薄くまるくのばしていく。火を入れすぎるとぱさぱさになってしまうので、裏返したらすぐひきあげ、あとは具材を包めばできあがりだ。

遅めの時間帯や週末には客足が増え、アルバイトも増員されるが、平日の昼間はひとりでさばいている。調理にしても接客にしても、恭四郎の腕前はアルバイトの中でもそうとう上のほうだと思う。ここの店長は従業員を雇う上で、能力より見た目を重視しているふしがある。もっとも、クレープの味より店員の容姿を重視する客も多そうだから、経営戦略としては正しいのかもしれない。顔の造作そのものというより、全体の雰囲気だろうか。恭四郎は残念ながら特に美形ではないけれど、上背と愛嬌《あいきょう》が買われたようだった。

女子高生と入れ違いにやってきた客の姿を見て、お、と声がもれた。

「いらっしゃいませ」

わざと慇懃《いんぎん》に腰を折ってみせると、瑠奈《るな》はにっと笑って片手を上げた。いつもながら薄着だ。はおっているコートは一応冬物だが、中は薄手のブラウスにデニムのショートパンツという大胆に春を先どりした装いで、長い足をこれ見よがしに露出している。

「ご注文は?」

「いつものやつ」

瑠奈がカウンターの上に割引券を置いた。この間、恭四郎が渡したものだ。

「いちご二倍でね。あと、アイスと生クリームも」

派手なラメをこってり盛った爪《つめ》がつややかに光る。目の周りもなにか塗ってあるらしく、いやにきらきらしている。ほぼ金色に近い、ごく明るい茶髪と相まって、なんというかにぎにぎしい。

「追加料金をいただきますが」

恭四郎はふざけて言った。瑠奈もふざけて答える。

「そのくらいサービスしてよ。大事なお得意様でしょ」

「じゃあ、今回は特別に」

正確には、今回も、だった。はなから断るつもりはなかった。瑠奈は実に旨《うま》そうにクレープを食べる。あの顔を見るだけで、こっちまで幸せになってくる。

瑠奈は甘いものに目がない。中でもクレープは好物で、ここにもちょくちょくやってくる。少し前、アルバイトが二人体制だった日にもこの調子でサービスを要求され、「あれって東くんの姉貴?」と後から興味津々でたずねられた。

違うと否定しかけて、言いよどんだ。姉ではないけれど、姉のようなものとはいえる。物心ついたときから家族ぐるみでつきあいがあった。恭四郎たち四兄弟の上から三番目、三男の優三郎と瑠奈は同い年だ。恭四郎より五つ上だが、年齢の差は意識せずに三人で遊んでいた。中学時代に優三郎と瑠奈がつきあい出してからも、これといった変化はなかった。瑠奈は相変わらずふらっとうちに上がりこんでは、居あわせた誰かと喋《しゃべ》ったりおやつを食べたりテレビを見たり、家族の一員さながらにくつろいでいる。

迷ったあげくに、まあそんな感じ、と恭四郎は言い直した。いずれ本当に、義理の姉になってしまうかもしれない。

「そういえば、相変わらず女の子を泣かせてるんだってね？」

焼きあがった生地に生クリームをこれでもかと塗りたくっていると、瑠奈にいたずらっぽく言われた。今朝の顚末《てんまつ》が脳裏をよぎってぎくりとしたが、おそらく別の話だろう。

「優ちゃんに聞いたの？」

口どめしておけばよかった、と悔《く》やんでも遅い。優三郎はなんでもかんでも瑠奈に喋ってしまう。

二、三カ月前にも、似たようななりゆきでサークルの後輩の家に泊まってしまったことがあったのだった。

翌朝、恋人としてつきあってくれと迫られて、恭四郎は丁重に断った。彼女は泣き出し、次いで激昂《げっこう》し、しまいには軽い男だと言いふらされた。恭四郎とつきあいの長い二年生や三年生はたいして驚いていなかったし、当の後輩がサークルをやめて騒ぎはおさまったけれど、いまだに一年生の女子からは冷ややかな目を向けられて肩身が狭い。

でも、どちらかといえば、向こうから積極的に誘ってきたのだ。泊まれと言われたから泊まり、寝ようと言われたから寝ただけなのに、一方的に悪者扱いされるのは腑《ふ》に落ちない。相手を勘違いさせてしまうような、気のあるそぶりを見せたわけでもない。好きでもない女と適当につきあうほうが、よっぽど軽薄で不誠実じゃないか。

「まあ、ほどほどにね」

瑠奈はにやにやしている。

非難するつもりはなさそうで、恭四郎はほっとした。返事のかわりに、盛りに盛ったクレープを差し出す。おいしそう、と瑠奈が目を輝かせる。

「今から仕事?」

「うん。これで血糖値上げて、がんばる」

瑠奈は母親の経営するスナックで働いている。

星月夜《ほしづきよ》は、カウンター五席とボックス席をふたつ備えた小体《こてい》な店だ。初代店主である瑠奈の祖母が亡くなってからは、二代目の月子《つきこ》ママが切り盛りしている。瑠奈も高校を卒業した後、母親を手伝うようになった。東泉堂からも程近く、父や真次郎もときどき飲みにいっている。

「じゃあね。恭四郎もまた飲みにおいでよ」

瑠奈は機嫌よく手を振って、はずんだ足どりで店を出ていった。

★
★
★

仕事を定時で上がり、寒風の吹きつける夜道を自転車で走っていたら、優三郎、と声をかけられた。

「おかえり」

母だった。あたたかそうなウールのコートを着こんで、革靴をはいている。

保険会社の外交員は服装規定が厳しいそうで、母は毎朝スーツで出勤していく。ひとなつこくて明るい性格が営業職向きなのか、なかなか成績優秀らしい。何度か社内で表彰までされていて、家に賞状が飾ってある。

「お母さんも、おかえり」

優三郎は自転車を降りて母と並んだ。こっちは私服に着替え、ダウンジャケットとジーンズにスニーカーというういでたちなので、傍目《はため》には若干ちぐはぐかもしれない。

「どうしたの？　こんなところで」

会社から帰ってきた母と、うちの前で鉢あわせしたことはあるけれど、この道で出くわすのははじめてだった。母が通勤に使っている私鉄の駅とは逆方向にあたる。

「今日はお客さんのところから直帰したから、地下鉄だったの」

「そっか」

うなずいた拍子に、思い出した。そういえば、さっき職場の更衣室で、私鉄が人身事故でとまってしまっているようだと電車通勤の同僚たちが話していた。

「さすが、お母さん」

優三郎はつぶやいた。

「ん？　なになに？」

母は首をかしげている。事故のことは知らないようだ。

母には妙に引きの強いところがある。運がいいというのか、勘が働くというのか、とりあえず母についていけば悪いようにはならないというのが家族の間で暗黙の了解となっている。母の直感には従ったほうがいい。優三郎の就職にあたっても、向いてる気がする、と言ってもらえて、なんとなく心強かった。

なんでも、父と出会ったときも、ひとめ見た瞬間にぴんときたらしい。運命だったのね、と照れもせずに胸を張ってみせる。その翌月にはもう結婚の約束をしたという。母はなにかにつけて決断が早い。行動も早い。迷ったり悩んだりしているのを見たことがない。家電の買い替えであれ、ファミレスでの注文であれ、さっさと決めて、その後もぶれない。ひょっとしたら、そんな思い切りのよさも、運を引き寄せるのかもしれない。迷い性で、これと選んでからもぐずぐず往生際悪く考えてしまいがちな優三郎にとっては、うらやましい限りだ。生まれついての性格と、あとは複雑な生い立ちの影響もあるのだろうか。母は養護施設で育った。生後まもなく門前に置き去りにされていたのを保護されたそうだ。家族に頼れない分、決断力と行動力を身につけざるをえなかったのかもしれない。

「優三郎は先に帰ってて。寒いし」

母は気を遣ってくれたけれど、優三郎は自転車を押して一緒に歩くことにした。家までそう遠くない。

「今日はお鍋だってよ」

母が言う。父から連絡があったらしい。

平日はたいてい、父と真次郎が夕食を用意してくれる。閉店時刻が決まっているから、毎日ほぼ同じ時間に帰宅できるのだ。手料理の日もあれば、出来あいの惣菜《そうざい》や冷凍食品が並ぶ日もある。

平日の家事は、優三郎が物心ついた頃からおおむね父の担当だった。自営業なので、会社勤めの母に比べて時間の融通が利きやすい。保育園の送り迎えにも、学校の保護者面談にも、もっぱら父が来てくれた。一方、週末には母が猛然と家中を掃除して回り、おかずの作り置きに精を出した。兄弟も成長するにつれて、自然に家のことを手伝うようになっていった。

「恭四郎も帰ってるって。ひさしぶりに、みんなで食べられるね」

母と優三郎は、残業が入ると遅くなるものの、たいがい家で食べる。片や大学生の恭四郎は、出かけたついでによく外で夕飯をすませてくる。

どこでなにをやっているのやら、外泊も多く、何日か顔を見ないことも珍しくない。大学の授業が終われば寄り道もせずに帰ってきて、アルバイト以外はひきこもっていた優三郎とは、えらい違いだ。大学に進まなかった真次郎に、「どっちが普通なんだ?」と真顔で聞かれたことがある。標準的な大学生の平均値はおそらく、弟ふたりの真ん中あたりだろう。

県道を渡り、住宅街の中を五分ほど歩くと、わが家が見えてきた。小さな庭とガレージを備えた二階建ての一軒家に、家族五人が暮らしている。

リビングの窓から黄色いあかりがもれている。おなかすいた、と母がつぶやいた。優三郎もまったく同感だった。

★
/
★

珍しく家にいた恭四郎が手伝いを買って出てくれたので、真次郎は台所をふたりに任せて先にシャワーを浴びた。

一日の仕事を終えた後は、くたびれている。くたびれ果てている、といってもいい。

東泉堂の営業は九時から五時までで、客の多い週末は店を開け、平日に不定休をもうけている。予約の状況に応じて月に五、六日だ。必ずしものんびりできるとは限らない。最近は電話やメールでの鑑定も受けていて、営業日にさばききれなかった分を片づけなければならない。もっとも、対面での接客よりははるかに楽だ。

父のもとで働き出して以来、驚いたことは数知れないが、仕事上がりのすさまじい疲労もそのひとつだった。少年時代に野球部でさんざんしごかれてきて、体力にはそれなりに自信があった。座って話をするだけでこんなに消耗するなんて、思ってもみなかった。誰かの人生とじかに向きあうのは、けっこうな力仕事なのだ。占いにやってくる客は人生になんらかの問題を抱えているわけだから、なおさら。

風呂場から出たら、家中に出汁《だし》のいい匂いが漂《ただよ》っていた。帰ってきた母と優三郎もまじえ、五人で食卓を囲む。

「いただきます」

東家の鍋奉行《ぶぎょう》は父である。

仕事の後で食事の準備までしたというのに、さほど疲れているふうには見えない。座りっぱなしで腰が痛いとか、老眼でパソコンの細かい字が読みづらいとか、ぶつくさ文句は言うものの、父は常に元気だ。還暦も近い年齢で、二十代の息子と同じかそれを上回る仕事量をこなして、けろりとしている。経験の分だけ真次郎より余裕があるにしても、胆力の差は歴然としている。

「このつくねは、恭四郎が作ってくれたんだよ」

「こないだ居酒屋で食って旨かったの、まねしてみた。分量とかは適当だけど」

恭四郎はこういうとき、ささっと気の利《き》いた一品をこしらえてみせる。天性のセンスは父からの遺伝だろうか。同じ血をひく真次郎のほうは、あいにくその資質を受け継いでいない。台所に立つときも、父の指示に従って手を動かすだけだ。センス云々《うんぬん》の前に、そこまで食にこだわりがないせいもあるかもしれない。

「ふわふわでおいしいね」

「生姜《しょうが》が利いてる」

母と優三郎からくちぐちに褒《ほ》められ、恭四郎はまんざらでもなさそうだ。

末っ子というのは得な身分だと思う。わが家の場合、年齢差もかなり開いている。恭四郎と優三郎は五歳、真次郎とは七歳も違う。兄たちと同じことをやっても、えらいね、すごいね、ともてはやされてのびのびと育った。ちやほやしてしまったこちらの責任でもあるし、おとなげなく僻《ひが》む年齢でもないが、子どもの頃はときどき釈然としない気分も味わったものだ。

「真ちゃんも食べなよ」

恭四郎が真次郎の皿につくねを放りこんだ。嬉々《きき》として食いつくのもなんだか癪《しゃく》で、自分でよそったねぎとえのきに箸《はし》が伸びる。

「冷めちゃうよ」

催促されて、つくねも口に運んだ。

「旨い」

不覚にも、声がもれた。恭四郎が得意げに相好《そうごう》をくずす。

「まだあるよ、もっと食べて。ビールとも合うでしょ」

かいがいしく酌《しゃく》をしてくれる。ちゃっかりおいしいところを持っていきつつ、たまに絶妙な気配りを見せる、この要領のよさも真次郎にはまねできない。

「やっぱり、みんなで食べるとおいしいね」

母が満足そうに食卓を見回した。湯気であたたまった頬《ほお》がつやつやと紅潮し、いつになく若やいで見える。

ふと、母と同い年の金子夫人の、げっそりと憔悴《しょうすい》しきった顔つきが頭に浮かんだ。うちはなんて平和なんだろう。お客様とわが家を比べるつもりはないけれど、そう実感せずにはいられない。

金子の運気はどん底といってよかった。当面は耐えしのぶほかない、長い人生にはそういうときもある、と言葉を選んで伝えた。まったく希望が持てないわけでもない。底に足がついているのだから、もうこれ以上は落ちようがない。試練の時期とわきまえ、腐らず、思い詰めすぎずに過ごしてほしい。

「お母さんもどう?」

恭四郎が注《つ》いだビールを、母はのどを鳴らして旨そうに飲んでいる。

年齢は同じでも、母は金子のような苦境とは無縁だ。夫は生涯現役をめざすと公言して生き生きと働いている。老親の介護問題も心配ない。父の両親はとうに他界しているし、母は養護施設育ちで身内はいない。

そして息子たちも、まずまずうまくやっている。

真次郎は金子家の婿《むこ》とは違って、不倫なんか断じてしない。そもそも、占い師として一人前になるまで身を固める気もない。十代の頃は家にこもりがちだった優三郎も、就職先が肌に合ったようで、きちんと働いている。恭四郎は抜かりないから、うっかり子どもができてしまうようなことはないはずだ。

あとは、ここにいないもうひとりも、たぶん元気でやってはいるのだろう。具体的になにをやっているんだか、真次郎はよく知らないけれども。

夕食の後、優三郎が二階の自室で本を読んでいると、廊下のほうから声がした。

「優ちゃん、ちょっといい？」

返事をするまもなく、襖《ふすま》が勢いよく開いた。恭四郎がずかずかと入ってきて、畳の上にあぐらをかいた。

「瑠奈ちゃんに告げ口したでしょ？」

恨《うら》めしげに言う。

「え？」

「こないだの、サークルの後輩の話」

それでやっと、優三郎にもなんのことだかのみこめた。

「ごめん。話しちゃだめだった？」

「別に、だめってことはないけどさ。女の子を泣かせてる、ってなんか人聞き悪くない？」

「僕はそんなふうには言ってないよ」

言い訳すると、まあいいや、と恭四郎は案外あっさりひきさがった。

「てか、おれの運気って今どうなってるかな？」

「またなにかもめてるの？」

「いや、そういうわけじゃないけど」

聞けば、ゆうべも女の子の家に泊まったという。恭四郎はいつもそうだ。すぐくっついて、すぐ別れる。来る者拒まず去る者追わずという流儀らしい。

「いい子なんだけど、こじれたらいやだからさ。この先、どんな感じでいけばいい？」

「知らないよ、そんなの」

「そんな冷たいこと言わないで、占ってよ」

何年か前、タロットカードを広げているところをこうして乱入してきた恭四郎に目撃されて以降、占ってくれと時折せがまれる。ただ、あまり気は進まない。正しい結果が出るとは限らないし、責任をとれない。同じ理由で、優三郎は家業にかかわりあうつもりもない。

それに、東泉堂にはちゃんと跡継ぎがいる。

「真ちゃんに占ってもらえば？」

「やだよ。こんな話したら、説教されそうだし」

真次郎には潔癖なところがあって、芸能人や政治家の浮気だの不倫だのが報じられるたびに手厳しく批判している。ドラマや漫画ですら、嫌悪感をあらわにしてこきおろす。職業柄、どろどろした恋愛がらみの相談が持ちこまれることもありそうなのに、うまく対処できるのだろうか。ちょっと心配だ。

「でも、恭四郎が占ってほしいって言ったら、喜ぶと思うよ」

「喜ぶっていうか、はりきっちゃわない？　はりきりすぎるっていうか。大事《おおごと》になったらめんどい」

恭四郎はにべもない。

「真ちゃんより優ちゃんのほうが、あててくれそうだしね」

優三郎はぎょっとして、声をひそめた。

「それ、本人には言わないほうが」

「言うわけないでしょ。拗《す》ねるに決まってる」

真次郎をさしおいて優三郎に占ってもらっていたと知っただけでも、気を悪くするだろう。気を悪くするだけならまだしも、落ちこむかもしれない。意外に傷つきやすいのだ。

「お願い。真ちゃんには黙っとくから。これまで占ってもらってたことも、内緒にする」

お願いというより脅迫に聞こえる。優三郎は観念して腰を上げ、押し入れを開けた。ふとんの隙間に抽斗《ひきだし》型の収納ケースを置いて、戸棚がわりに使っている。最上段から紙製の箱を取り出す。一組七十八枚のタロットカードが中におさまっている。

父から譲り受けたものだ。

かれこれ二十年も前のことになる。優三郎は五歳だった。恭四郎が生まれた直後で、母はまだ産院にいた。東泉堂は休業日だったが、なにか急ぎの用事でもできたのか、父は優三郎を幼稚園まで迎えに来た帰りに、店に立ち寄った。

父が仕事を片づけている間、優三郎は部屋の中をうろうろして過ごした。何度か連れてきてもらったことがあって、おもしろそうなものがたくさんあるのは知っていた。その日は、本棚の片隅に置かれている紙箱に目をひかれた。

「これ、なあに？」

父の手が空《あ》いたのをみはからい、聞いてみた。父は箱から色とりどりのカードを出して見せてくれた。

「タロット、っていうんだよ」

神秘的な絵柄の数々に、優三郎は目を奪われた。トランプや、他のカードゲームで遊んだことはあったけれど、こんなにきれいなのははじめて見た。それがゲームではなく父の仕事道具だと知って、いっそう興味がわいた。

父はカードの扱いかたも教えてくれた。まずカードを裏向きにしたまま、両手で時計回りにまぜる。それから再びひとつの山にまとめ、いったん三つに分けて、また重ね直す。最後に、カードを横にすべらせるようにして一列に並べ、一枚選ぶ。

「占いたいことを心の中に思い浮かべながら、ひいてごらん」

優三郎も見よう見まねでやってみた。ひきあてたのは、華やかな色あいのカードだった。燦《さん》然《ぜん》と輝く太陽の下に、白馬の背にまたがった幼子と満開のひまわりが描かれている。見守っていた父が、優三郎の手もとをひょいとのぞきこんだ。

「太陽のカードだな。なにを占ったんだ？」

「あのね、赤ちゃんのこと。どんな子かなって思って」

偶然にも絵柄の幼児とぴったり合っている気がして、不思議だった。

「いいカードだよ。誰からも愛される、明るい子になる」

父が顔をほころばせ、カードを手にとった。

「どうかな、仲よくできそうか？」

「うん」

優三郎はこっくりとうなずいた。父がそう答えてほしそうだったからではない。弟ができるのが本当に楽しみだったのだ。

後から聞いた話では、四男の誕生によって三男が情緒不安定に陥らないかと両親はひそかに懸念していたそうだ。優三郎が生まれた後、二歳の真次郎が赤ちゃん返りして、それはそれは大変だったらしい。

さておき、今思えば、あの占いはわりとあたっていたのかもしれない。

明るい子になると予言された赤ん坊はすくすくと成長し、誰からも愛されるおとなになった。いささか愛されすぎているといえなくもない。


優三郎のひいたカードには、いかめしいひげ面の老人が描かれていた。頭に王冠をかぶり、ものものしいマントを身にまとっている。

「なにこれ、王様？」

恭四郎がたずねると、優三郎は厳《おごそ》かに答えた。

「皇帝だよ。意味は、行動によって未来をきりひらく」

「つまり？」

占いに特有の、こういう漠然とした表現が、恭四郎は苦手だ。もっと具体的に言ってくれないとわからない。

「うやむやにしないで、行動で示したほうがいいってこと。深入りしたくないんなら、きっぱり距離を置かないと」

「そうなの？」

クラスメイトからは、また遊ぼうね、と別れ際に言われた。あえて断る理由はなかった。前回の失敗で懲《こ》りてもいるし、波風立てず、当面は流れに身を任せようかと恭四郎は考えていた。

「大丈夫。ちゃんと話せば、相手もわかってくれるはず」

優三郎は自信ありげだ。毎回思うことだが、タロットカードを広げていると、いつになく堂々として見える。

「わかった。そうしてみる」

優三郎の占いはよくあたる。サークルの後輩とひと悶着《もんちゃく》あったときも、身辺に注意すべきだと警告してくれていた。

恭四郎のほうは、同じ占い師の息子でありながら、自らやってみようという発想はない。現実的な性分の人間にはあまり向いていない気もする。ただ、前にサークルのコンパで隠し芸としてやった手相占いがけっこう受けて、それ以来飲み会では重宝している。盛りあがるんだよ、となんの気なしに家で話したら、父はおもしろがってくれたけれど、家業を宴会の余興にするなと真次郎に怒られた。

真次郎にも、一度占ってもらったことがある。父のもとで見習いとして修業中、練習がてら弟ふたりを占ってやろうと持ちかけてきたのだ。

恭四郎は、活発で世渡りがうまく、好奇心旺盛《おうせい》だが飽きっぽい。優三郎のほうは、気が優しく思いやり深い半面、優柔不断で他人に振り回されやすい。もったいぶって告げられた見立ては、あたっているといえばあたっているものの、いちいち占わなくてもわかりきったことばかりでつまらなかった。恭四郎がつい正直な感想を口にすると、せっかくお前たちのために占ってやったのに、と真次郎は気色《けしき》ばんだ。勝手に練習台にしておきながら、恩を着せないでほしい。

兄弟喧嘩《げんか》の仲裁に入った父は、恭四郎の肩を持ってくれた。いわく、相手の依頼を受けて占うのがプロである。たとえ親しい仲でも、頼まれてもいないのに占ってはいけない。その結果を押しつけてもいけない。父にたしなめられて真次郎は不承不承ひきさがり、恭四郎は溜飲《りゅういん》を下げたのだった。

「ありがとう。またなんかあったら、よろしく」

カードを片づけている優三郎に言ったら、苦笑された。

「人気者は大変だね」

「いやいや、優ちゃんだって人気あるでしょ？」

優三郎は、兄弟の中で飛びぬけてきれいな顔をしている。ときどき瑠奈につきあって恭四郎の働くクレープ屋に来店すると、十代の中高生から年配のおば様まで、居あわせた女性客の熱い視線を一身に浴びている。昨今では他人の外見をとやかく言うべからずというのが常識となっているとはいえ、美形の威力はいかんともしがたい。店内の温度と湿度がいくらか上がる。もし瑠奈が隣にぴったり寄り添ってにらみを利かせていなかったら、むこうみずな女子高生あたりが声をかけるかもしれない。

「全然だよ」

ゆらゆらと首を振ってみせる姿すら、なぜか様になっている。

謙遜《けんそん》ばかりでもないのだろうか。美しすぎる男は逆に敬遠されることもある。かまわず寄ってくるのはよっぽど自信のある女か、極度の面食いか、その両方か、いずれにしてもお近づきにはなりたくない。負け惜しみでもなんでもなく、そこそこ平凡なほうが生きやすいのかもしれない。もっとも、身内としては、恵まれた容姿にもっと磨きをかけてみてほしい気もする。猫背を直して、おどおどと周りをうかがうのもやめれば、みちがえるに違いない。でも、みちがえすぎて異性が押し寄せてきても優三郎にはとうていさばききれないはずだから、このくらいでちょうどいいのだろうか。

どっちみち、優三郎にはすでに相手がいる。これ以上は望めないほど、最高の。

深呼吸をしてから、真次郎はドアをノックした。

「失礼します」

声を張り、父の仕事部屋に足を踏み入れる。向かいあわせのソファに座ったふたりが、同時にこちらを見やった。

「やあ、しばらくだね」

鷹揚《おうよう》に言う轟木《とどろき》氏に、真次郎は深々とおじぎした。

「おひさしぶりです」

「どうだい、調子は？　なかなか忙しいんだって？」

「おかげさまで、なんとか」

つい五分前まで接客中だった。ひと月ぶり、二度目の来店となる金子夫人は、初回よりも顔色がよかった。夫の再就職先が決まりかけているらしい。

「けっこう、けっこう。真次郎くんも立派になったなあ。あんなに小さかったのに」

顔を合わせるたびに、轟木はそう言う。

「どうりで、われわれが老いぼれるはずだ」

「そんな。お元気そうで、なによりです」

おせじではない。八十代にはとても見えない。若々しいというよりは年齢不詳で、なにもかも見透《みす》かしているかのような強いまなざしも、腹の底から響く大声も、ここ二十年来変わらない。小柄ながら背筋がしゃんと伸びて、独特の威厳に満ちあふれている。

「最近はあちこちガタがきていやになる。年齢も年齢だし、そろそろのんびりしたいがね」

口では言っていても、のんびりする気は皆無だろう。

轟木猛《たけし》は、辣腕《らつわん》経営者として地元で広く名を知られている。若くして轟木不動産の社長に就任して以来、順調に事業を拡大し、県内有数の優良企業に育てあげた。十年ばかり前に社長の椅子を長男に譲った後も、会長として引き続き実権を握っている。

父と轟木のつきあいは長い。

出会いは四十年以上前にさかのぼる。父は北陸の故郷から、家出同然にして上京してきたところだった。狭い田舎《いなか》で一生を終えるのはまっぴらだと意を決して高校を中退し、東京で就職した先輩の家に転がりこんだのだ。

その先輩の伝手《つて》で、個人経営の工務店に鳶職《とび》として雇われた。あるとき親方に連れられていった接待の席でひきあわされたのが、轟木不動産の若社長だった。親子ほどの年齢差にもかかわらず――実際、轟木の子どもたちは父と同世代だ――、ふたりはやけにうまが合った。若社長という肩書を聞いた父は甘やかされた坊ちゃんを想像したが、とんでもなかった。今でこそ羽振りのいい轟木不動産にも、経営不振で倒産寸前まで追いこまれた過去があった。借金まみれの貧乏な少年時代を送った轟木は、ここから這《は》いあがるためにはなんだってやってやると心に決め、がむしゃらに突き進んできたという。同じく無鉄砲ともいえる勢いで身を立てようとしている若者に、自身の来し方が重なったようだった。

「ひとかどの人物になるには、若いうちに苦労することだね。うちの子らは軟弱でいかん。豊《ゆたか》くんの爪の垢《あか》でも煎《せん》じてのませたいよ」

父は父で、人生の先輩として轟木を慕《した》い、腹を割ってなんでも話した。

「轟木さんみたいな親父《おやじ》がほしかった」

思わず言うと、轟木は破顔した。

「おれも、豊くんみたいな息子がほしかったね」

仕事抜きで、年齢の離れた友人どうしのようなつきあいが続いた。高級料亭も、ゴルフも、夜の街も、父にとって未知の世界を轟木は教えてくれた。

「今日はとっておきの店に行こう」

そう切り出されたのは、知りあって一年が過ぎた頃のことだった。有名な料理屋だろうか。会員制のクラブかもしれない。わくわくしていた父は、古ぼけた喫茶店に連れていかれて拍子抜けした。

出迎えた老店主は、開口一番、父に重々しく告げた。

「とても強い星に守られてるね、あんたは」

父はいよいよ困惑した。わけがわからない。助けを求めて隣の轟木に目をやると、満足げにうなずき返された。

永泉堂《えいせんどう》というのがその店の名前だった。表向きは喫茶店だが、コーヒーより店主の占い目当ての客が多かった。轟木もそのひとりで、先代の社長の時代から、なにかあるたびに相談しているという。

父はそれまで、占いというものに微塵《みじん》も関心がなかった。ないどころか、うさんくさくて信用ならないという先入観を抱いていた。常に理性的で聡明な轟木が占い師のもとに通っているなんて、にわかには信じがたかった。だが轟木の前でそうも言えず、そのままおとなしく占ってもらい、そしてたまげた。店主の言葉はことごとく的中していた。轟木にも話していない細かな事柄も多く、事前に聞いたのでもなさそうだった。

占い師になろうとその場で一念発起したわけではない。店主に誘われも、いわんや、なれと強要されもしなかった。ところが翌週末も、奇妙な引力でもって吸い寄せられるように、父の足は永泉堂に向いていた。父の姿を見ても、店主は眉《まゆ》ひとつ動かさなかった。約束の客がやってくるのは当然だと言わんばかりに、無表情でカウンターの内側へ父を招き入れた。

父は本業の合間をぬって永泉堂に通い、見習いとして師匠を手伝った。それから彼が引退して田舎にひっこむまでの十年間で、教わるべきことはおおむね教わった。その後は師匠の言い残したとおりに事が進んだ。轟木は老朽化していた永泉堂の店舗を解体し、跡地に五階建てのビルを新築した。建物も土地も、ともに轟木不動産が所有していたのだ。父は鳶を辞めて専業の占い師となった。

そのようにして東泉堂は開業した。まだ真次郎が生まれる前の話である。

「人生ってのは、なにが起きるかわからんもんだ」

父はつねづね言っている。なにが起きるかはわからないけれど、なにが起きそうか予測することはできる。それが占いだ。

「轟木さんはうちの恩人だ」

これも、ことあるごとに言う。

轟木は父と師匠をひきあわせた案内人であり、東泉堂にとって最も重要な顧客かつ強力なパトロンでもあり、さらに広告塔の役割まで果たしてくれた。なにしろ顔が広い。おかげで、一時は永泉堂時代から半減してしまった客足も、しだいに持ち直していった。

轟木は父に、世間にはびこる占いへの偏見を覆《くつがえ》すような店を作ろうと提案したらしい。占いそのものをどうしても受けつけないというならいたしかたないが、誤った印象だけで拒絶されるのはもったいない。まさに父自身も、かつては占いというものを信じていなかっただけに、説得力があった。客を不安にさせない、というのが父と轟木の打ち出した基本方針だ。ただでさえ人生に迷っている客を、妖《あや》しげな空気でおどしたり惑わしたりして煙《けむ》に巻くやりくちは、もう古い。接客のふるまいや身だしなみも、店舗の雰囲気も、いい意味でまっとうにしたい。かといって、あまりに平凡すぎても味気ないし、多少は神秘的な風情もほしい。ややこしい要望をもとに、轟木が懇意にしている腕利きのデザイナーが内装を仕上げてくれた。

二、三ヵ月に一度、轟木は来店する。真次郎も時間を作り、こうして挨拶《あいさつ》するように心がけている。東泉堂の一員として、万が一にも失礼があってはならない。

「それにしても豊くんは幸せ者だな。こんなにしっかりした跡取り息子がいてくれれば、東泉堂は末永く安泰だ」

他の客は父を「豊泉《ほうせん》先生」と呼ぶけれど、轟木だけは昔のよしみで本名を使う。

「いえ、まだまだ勉強中です」

真次郎はかしこまって答えた。励まそうとしてくれているのかもしれないが、こんな社交辞令を真《ま》に受けるほどおめでたくはない。轟木が自身の跡取り息子をどう評しているかを考えれば、無邪気に喜べない。

いつだったか、轟木が父にぼやいているのを聞いてしまったことがある。

「悪人じゃないんだが、器が小さいんだ。まったく、つまらんやつだよ」

真次郎が父からあんなふうに言われたら、しばらく立ち直れないだろう。しばらくというか、ほとんど永久に。


朝からいやな予感はしていた。正しくは、夜明け前から。

新年度のはじまる春先には、優三郎は決まって体調をくずす。子どもの頃は、新しい学校や教室に、またクラスメイトや担任教師にも、慣れるまで人一倍時間がかかった。社会人になってからも、年度の変わりめは職場全体がざわつきがちで落ち着かない。

精神が不安定になると、体のぐあいもおかしくなる。新学期に限らず、友達と喧嘩したとか、授業で発表の係にあたっているとか、運動会やテストの前なんかもそうだった。うまく寝つけず、暗い想像ばかりがふくらんで、身も心も重たいままに当日の朝を迎えるはめになる。頭痛や腹痛に襲われたり、悪寒《おかん》や眩暈《めまい》がしたり、熱まで出ることもあった。

順序が逆のときもある、と気づいたのはいつだっただろう。これといった明確な理由もなく、調子が悪くなる。その後、なにかしらよくないことが起きる。まるで、直前の不調が迫りくる不幸の予兆だったかのように、苦難を覚悟しろと警告されていたかのように。

この不可思議な現象については、家族にも打ち明けそびれている。これ以上心配をかけたくないし、気のせいだろうと受け流されてもつらい。仮に信じてもらえたとしても、いたずらに気をもませるだけで、どうにもならない。未来を正確に予見できるならまだ打つ手もあるだろうけれど、具体的になにが起きるかは見当もつかない。絶対に起きるとも限らない。単に風邪ぎみだっただけで、何事もなく過ぎる場合もある。

優三郎は体を起こし、押し入れの抽斗からタロットカードを出した。どうせもう眠れそうにない。

タロットでも、先のことを細かく見通せるわけではないが、ささやかな気休めというか、心の準備にはなる。もっとも、カードの示した結果と現実が重ならず、首をひねってしまうときも多い。優三郎のタロットは自己流だ。父の本棚から拝借した入門書を読んでひそかに勉強した。父や真次郎に手ほどきを頼めば快く教えてくれるだろうけれど、どうしてタロットに興味を持ったのかと聞かれても答えづらい。

カードを畳の上に広げて、両手でまんべんなくまぜる。そのうち自然に手がとまる。まとめて切り、横一列に並べる。いちいち手順を考えなくても、機械的に手が動く。頭の中を占めているのはただひとつ、タロットに問いたい事柄のみだ。これからなにが起きるのか教えて下さい、とひたすら念じ続ける。

最後に、軽く目をつむって深呼吸してから、まぶたを開けた。ずらりと並んだカードに目を落とす。その中の一枚にだけ、くっきりとピントが合っている。残りは全部、広角レンズで撮った写真の背景みたいに、ふんわりとぼやけて見分けがつかない。

めくってみて、息をのんだ。

不穏きわまりない図柄だった。中央にそびえ立つ塔を、稲妻《いなづま》が刺し貫いている。そこかしこが無残に崩れて火の手が上がり、苦痛に顔をゆがめた人々がまっさかさまに地上へと落ちていく。

塔のカードである。

解説書によれば、この絵は聖書に書かれたバベルの塔の物語にちなんでいるそうだ。昔々、神に近づきたいと望んだ人間たちは、天まで届く高い塔を建てようとした。身の程知らずの企みに激怒した神は、塔を破壊し、二度と人々が結託しないように共通の言語を奪った。意思疎通のすべを失った人間は、もはや互いに理解しあえず、あえなく散り散りになってしまったという。

優三郎は愕然《がくぜん》としてカードを握りしめた。不吉な予感をタロットにまで裏づけられてしまったようだ。災難や崩壊、破局といった意味あいを持つ塔のカードは、七十八枚のうち最凶とも呼ばれる。雷は予期せぬ禍《わざわい》を表し、積みあげてきた物事が突然崩れ去る危機を暗示しているとされる。

ひきあててしまったのはひさしぶりだった。これまでで最も印象に残っているのは、なんといっても大学受験のときだ。優三郎は第一志望校に落ちた。高校の成績でも模試の判定でも、合格はほぼ確実だとみなされていたのに、よりにもよって試験の前夜から高熱を出した。

今度は、いったいなにが起きるのだろう。受験のときと違って、心あたりがない。

呆然《ぼうぜん》としているうちに空が白《しら》んできた。気もそぞろで身支度をすませ、玄関を出ようとしたら、同じく出勤する母と一緒になった。相変わらずスーツでびしっと決めている。

「うっとうしい天気ね」

母につられて、優三郎も頭上をあおいだ。浮かない心持ちを映したかのような、どんよりとした曇天だ。

「そのうち降ってくるかもね。今日はバスにしといたら?」

母の言うとおり、自転車通勤はやめておいたほうがいいかもしれない。よもや道中で雷に打たれはしないだろうけれど、用心するに越したことはない。

最寄りのバス停までは五、六分歩く。駅に向かう母も、同じ方向だ。

「元気ないね。大丈夫?」

顔をのぞきこまれて、「ちょっと寝不足で」と優三郎はあいまいにごまかした。うそではない。

「そう？　気をつけてね」

母は心配そうに念を押した。

優三郎もそのつもりだった。しかしながら、気をつけてどうにかなることとならないことがある。

雷は、職場の朝礼で落ちてきた。

「今日は、皆さんにお知らせがあります」

所長のほがらかな声にもかかわらず、なぜだか背筋がぞわりとした。手招きされた主任が前へ進み出て、おもむろに一礼した。

「このたび、本社に異動することになりました。長い間お世話になりました」


春休みも終わりに近づいてきた日曜日の夕方、恭四郎がアルバイトを終えて家に帰ると、瑠奈が来ていた。リビングのソファに優三郎と並んで座り、なにやら話しこんでいる。

「おかえり」

ふたりの声がきれいにそろった。こんなところまで気が合うのだ。

「ただいま。どっか行ってたの？」

優三郎の仕事は休みだし、星月夜も定休日だ。遊びに出かけた帰りにうちに寄ったのかと思ったのだが、これまたそろって首を横に振られた。ふたりをあらためて見比べて、恭四郎は兄の顔色が冴《さ》えないことに気づいた。

「どうかしたの？」

「なんでもない」

優三郎は弱々しい声で答えた。

無理に詮索《せんさく》するつもりはないけれど、気になることは気になった。せっかく瑠奈が来ているのに自室にひっこんでしまうのもなんなので、とりあえずキッチンに入って冷蔵庫を物色する。空腹だ。週末は店が混むから休憩もろくにとれなかった。

カウンター越しに、リビングの会話が聞こえてくる。

「だから、元気出しなって」

瑠奈が優三郎を励ましているようだ。

「よかったじゃない、その程度ですんで。受験のときよか、全然ましでしょ」

「まあ、そうだけど」

「自分が異動になるよりよくない？　慣れない環境で一からやってくの、大変だよ」

「それは、そうなんだけど」

「しかも栄転なんでしょ？　ここは主任のために喜んだげるとこじゃない？」

「確かに、そのとおりなんだけど」

どうやら、前々から優三郎に目をかけてくれていた上司が異動になったらしい。今後も同じ会社で働くのなら縁が切れるわけでもなく、そんなにしょげなくてもいいように思うが、人見知りしがちな優三郎にとっては心細いのかもしれない。

優三郎は、なにかあるとたちまち弱る。よくいえば優しすぎ、悪くいえば気が小さすぎるのだ。病《やまい》は気からというやつで、体までがたつくことも多い。

子どもの頃はもっとひどかった。もともと病弱で、しょっちゅう腹を下すわ熱を出すわ、たびたび学校も休んでいた。つらそうなのは気の毒だけれど、平日に家で寝ていられるという特別待遇は幼心《おさなごころ》にうらやましかった。恭四郎のほうは丈夫そのもので、風邪すらめったにひかないので、よけいにそう感じられたのかもしれない。病人用のおかゆやアイスクリームも魅惑的だった。こっそり部屋にしのびこんでひとくちねだると、優三郎は快く分けてくれた。うつったらいけないからやめなさいと父や母にはしかられたが、それで恭四郎までぐあいが悪くなったことは一度もない。

でも倉庫に就職してからは、だいぶ健康になった気がする。日々の力仕事で鍛えられたのか、心なしか筋肉もついている。人並みの体力も養われたはずなのに、それでも時折こうしてまいってしまうのは、やはり精神面の問題なのだろう。

「大丈夫だって」

瑠奈が根気よく繰り返す。優三郎はソファの上に両足をひきあげ、膝を抱えてぐったりとうなだれている。

なんてわかりやすいんだろう。

優三郎は周りに気を遣うわりに、自分自身の不調を無防備にさらけ出す。そして周りに気を遣わせる。恭四郎ならこうはならない。たとえ心が折れるような目に遭《あ》っても、人前であからさまに萎《しお》れてみせはしない。逆に、めいっぱい空元気《からげんき》を出して明るくふるまう。心配をかけたくないというより、不用意に弱みをつかまれたくない。

優三郎だって、わざと他人《ひと》の気をひこうとしているわけではないのだろう。隠しようもないほど余裕を失っているのだから、むしろ同情に値する。けれど同時に、いいよな、ともちょっと思ってしまう。子どもの頃と同じだ。しんどいのはかわいそうだけど、皆から優しく労《いた》わってもらえてうらやましい。

しかも、優三郎にはいつだって瑠奈がついている。

子ども、ことに男子の世界では、弱い者はなめられる。幼い頃、おとなしい優三郎が男子にからかわれたり女子にちょっかいをかけられたりしていると、瑠奈が飛んでいって救出した。ふたりにくっついて回っていた恭四郎も、年上の子にからまれたときには助けてもらった。意地悪ないじめっ子を勇ましく蹴散らして追いはらってくれる瑠奈は、本当にかっこよかった。勇敢で公平で、正義感も腕っぷしも強く、他の子どもたちからも一目置かれていた。親しい幼なじみとして、弟分として、恭四郎も誇らしかった。

ソファに仲よく並んだ瑠奈と優三郎を眺めるともなく眺めているうちに、昔の記憶がさらによみがえってきた。

小学四年生のときだった。恭四郎はクラスの女子に誘われ、放課後に家へ遊びに行った。その子には中学生の姉がいて、一緒におやつを食べながらあれこれと話しかけてきた。妹のボーイフレンドに興味をそそられたようだった。

ただし途中から、興味の方向性は少しずれた。雑談の流れで、その姉と優三郎が同じ中学校に通っていると判明したのだ。

「ええっ？　きみ、東優三郎の弟なんだ？」

彼女は頓狂《とんきょう》な声を上げ、じろじろと恭四郎の顔を見た。

「ちょっと似てるかな？」

「あんま似てません」

恭四郎はかちんときて言い返した。妹が横から口を挟んだ。

「東くんのお兄ちゃんって、そんなに有名なの？」

「有名ってか、目立つんだよ。ファンクラブまであるし」

それは恭四郎も初耳だった。びっくりしていたら、さらに驚くべきことを姉は口にした。

「最近、解散したらしいけどね。瑠奈がいやがったのかも」

「そのひととつきあってるってこと？」

妹がうきうきと身を乗り出した。女子というのは、年齢を問わずこの手の話に目がない。

「うん、それでみんな遠慮してる。ちょっと不良っぽいっていうか、怒らせたらこわそうな子なんだよね」

恭四郎が帰宅すると、リビングにうわさのふたりがそろっていた。ソファに並んで、のんきにテレビを見ている。

その正面に、恭四郎は仁王立ちした。どいてよ、見えないんだけど、と瑠奈が文句を言ったのを無視して、切り出した。

「優ちゃんと瑠奈ちゃん、つきあってるんだって？」

口にしたとたん、顔がかあっと熱くなった。

「友達のお姉ちゃんから聞いたよ。優ちゃんたちと同じ中学なんだって」

あの瞬間を、恭四郎は今でもよく覚えている。ふたりがそわそわと目を見かわしたこと、瑠奈が恭四郎を見上げてきまり悪そうにうなずいたこと、優三郎がしょんぼりとうつむいていたこと、胸を貫いた得体の知れない痛みまで、全部ありありと思い出せる。

★
★

四月末、連休初日の朝に真次郎がリビングに下りると、ふんわりと甘い匂いがたちこめていた。

「今朝はワッフルだよ」

キッチンにいた母から声をかけられた。職場の忘年会のビンゴでワッフルメーカーをあてて以来、週末にときどき作ってくれるのだ。母はその手のくじびきにめっぽう強く、家電やら商品券やらをよく勝ちとっている。

熱々の一枚を皿にのせてもらい、食卓についた。父はすでに食べはじめている。東泉堂は通常営業だ。大型連休は書き入れどきである。客には勤め人も多いので、世間一般の休日は真次郎たちにとっては繁忙期にあたる。

母が次々に焼いてくれるワッフルを、父と分けあってたいらげた。しばらくすると腹がふくれてきたが、母は手を休めようとしない。

「もう一枚どう？　しっかり食べなきゃ、元気が出ないよ」

すすめられて、真次郎はぎくりとした。さては、元気がないと見抜かれているのだろうか。母はくじ運が強いばかりでなく、勘も鋭い。息子の顔つきに不穏な翳《かげ》を見てとったのかもしれない。

金子から電話がかかってきたのは、昨夕のことだ。

「できれば次回も豊泉先生に担当していただけないでしょうか？」

打診され、真次郎は耳を疑った。

前回、金子は予約の日を間違えて来店したのだった。真次郎は接客中で、たまたまキャンセルが入って手の空いていた父がかわりに応対してくれた。それですっかり虜《とりこ》になってしまったらしい。

「勝手なお願いだとは重々承知しております。ただ、もしも可能ならと思いまして」

遠慮がちな物言いが、切実な意思をかえって強調していた。たとえわずかな可能性でも、賭《か》けてみたいのだ。

「かしこまりました。予約の空きを確認しますので、少々お待ち下さい」

真次郎は答えた。はねつけるわけにもいかない。はりつめていた金子の声音が、ふっとゆるんだ。

「ありがとうございます。お手数をおかけしてしまって、恐れ入ります」

「とんでもありません。ご満足いただくことがなによりですから」

「これまでも、不満があったわけではないんですけど」

金子はいくらか声を落として言い添えた。

だからこそ、何回も足を運んでくれていたのだろう。しかしながら、満足度というのは相対的なものだ。より深い満足を味わってしまったら、もう戻れない。

父と真次郎のどちらが担当につくかは、初回の予約時に決める。その後は原則として変わらない。それまでの経過を把握できているほうが占いやすいし、客との関係も安定する。現在、新規の客はもっぱら真次郎が引き受けている。父のほうの予約枠は、つきあいの長い常連客でほぼ埋まってしまっているのだ。ただ、ふっつりと姿を見せなくなる客もいて、まったく空きが出ないわけでもない。父を指名されれば、おおむね断らずにすんでいる。父の著作や雑誌の紹介記事を読んで問いあわせが入ったり、常連の紹介で評判が伝わっていて「ぜひ豊泉先生に」と所望されたりもする。不思議なことに、固定客がなんとなく減ったなと思っていると、入れ替わりに新しい客が入ってくる。ここ何年も客足は大きく変わっていない。

「変な言いかたかもしれないけど、手に余る仕事は回ってこないようにできてるんだな。量的にも、質的にも」

前に父が言っていた。質的にも、と明言したのは、息子を励ます意図もあったのかもしれない。難しい仕事や手間のかかる仕事はあるにせよ、手も足も出ないようなことはないはずだと真次郎も信じたい。

「めぐりあわせ、っていうのかな。なにか大きな、見えない力が働いて、うまくバランスをとってくれてる気がする」

客たちもまた、そのめぐりあわせによって東泉堂へ引き寄せられてくる。占いというものは、それを必要としている人間に、また必要としているときに届くのだ。

真次郎も、その大いなる力に抗《あらが》うつもりはない。はなから父を指名されるのはしかたない。一度会ってみて、しっくりこないというのもまだわかる。人間どうし、当然ながら相性がある。父の論法に則《のっと》るなら、真次郎の手には余る仕事だったのかもしれない。

でも金子の場合は、総じて順調に進んでいた。予約日を間違えさえしなければ、担当を代えるという発想は浮かばなかったはずだ。裏切られたとまではいわないけれど、むなしいというか、やるせないというか、どうにも割り切れない。不満はなかったと強調していたのは真次郎への配慮だったに違いないが、なにか不満があったほうがまだましかもしれない。それを解消すべく努力すればいいのだ。これといった問題もなく、それでも父に軍配が上がったとなると、手の打ちようがない。

ワッフルをもう一枚ずつ食べ、父子そろって満腹で家を出た。母が玄関口で見送ってくれた。

「今日も忙しくなりそう?」

「うん、満員御礼。今年は連休の日取りがいいしな」

父が答えると、母は残念そうにため息をついた。

「お兄ちゃんも、帰ってこられたらよかったのにねえ」

東家で「お兄ちゃん」といえば長兄のことを指す。優三郎や恭四郎にとっては、真次郎だってれっきとした兄なのだが。

真次郎より八つ年上の朔太郎《さくたろう》は、大学進学を機に家を出て以来、九州に住んでいる。博士課程を修了した後も研究室に残り、助手として働いているらしい。

実家にはめったに顔を見せず、年に一度帰省すればいいほうだ。それも、たった半日ほどで、義務を果たしたとでも言いたげにそそくさとひきあげていく。つくづく愛想がない。両親だってもう若くないのだし、たまには親孝行したっていいだろうに。

朔太郎の帰省前には、父も母もどことなく浮き足立つ。夕食の献立をどうするか、三時のおやつはなにを用意するか、はりきって計画を練っている。うちに泊まらないので、もてなしたくてもその程度しか工夫のしどころがない。それでいて、いざ朔太郎と顔を合わせると、もっと頻繁に帰ってこいとも長めに滞在すればいいとも一切言わない。もとより自分たちの望みを子に押しつけるような親ではないが、ふたりとも日頃はあけっぴろげな物言いをするくせに、なぜ長男にだけ遠慮するのかが解《げ》せない。うるさく言ったらうっとうしがられて、逆に足が遠のきそうだからだろうか。あの薄情な兄なら、ありうる。とかく人情というものを解さないのだ。

東泉堂を継ぐと報告したときも、反応は鈍かった。

二十歳を迎え、決意を固めた真次郎は、帰省した兄をつかまえて今後の抱負を語ったのだった。朔太郎は研究一筋で、家を継ぐ意思どころか関心すらなさそうだけれど、腐っても長男だ。一応は筋を通しておくべきだろう。兄がどう出るか、少々楽しみでもあった。曲がりなりにも長男として、また家族の一員として、家業の行方《ゆくえ》がまったく気にならないことはないはずだ。弟に責任を背負わせてしまって申し訳ないと恐縮するだろうか。肩の荷が下りて安堵《あんど》するだろうか。ふだんは表情が乏しく、なにを考えているんだか読みづらいが、今回ばかりはそうもいくまい。

ところが、朔太郎は相変わらずの無表情で言い放った。

「好きにしたらいい」

真次郎は続きを待った。二十歳になったばかりの弟が、家を支えると決意表明しているのだ。いくら淡泊な兄でも、激励なりはなむけなり、なにかしらあたたかい言葉をかけてくれるはずだと思った。

だが期待はまたも裏切られた。話はすんだとばかりに、朔太郎は踵《きびす》を返そうとした。

「ちょっと待ってよ」

真次郎はとっさに呼びとめた。朔太郎が大儀そうに振り向いた。

「まだなにかあるのか?」

「そうじゃないけど……そっちこそ、なんかないの?」

「なんか?」

不審げに問い返されると、こっちが間違っているような気がしてくる。なんとか気を取り直して、真次郎は言葉を継いだ。

「感想とか、意見とか」

「別に」

別に、というのは朔太郎の口癖である。

真次郎が物心ついた頃から、兄の語彙《ごい》は「うん」か「ううん」か「別に」の三種類にほぼ限られていた。誰かに話しかけられれば、そのいずれかを面倒くさそうに口にした。周囲のおとなは鼻白《はなじろ》んだだろうけれど、幼い真次郎はさほど違和感なく、そういうものだと受け入れていた。我こそはと自分のことばかりまくしたててくる友達と比べたら、興味なさげとはいえこちらの話をさえぎらない朔太郎はむしろ好ましかった。話をしてもらうより、聞いてもらいたかった。子どもというのは概してそんなものだろう。

そう考えると、やはり朔太郎はそうとう風変わりな子どもだったといえるのかもしれない。内気だったり、恥ずかしがり屋だったり、うまく喋れないというならわかる。優三郎なんかはそうだった。というか、今もその気がある。でも朔太郎は、コミュニケーションの得手不得手とはまた別の次元で、他者とコミュニケーションをとるという行為自体の必要性をそもそも感じていない様子なのだ。

「わかった。もういい」

真次郎ももう子どもではない。聞く気のない相手に喋り続けようとは思えなかった。朔太郎は弟を一瞥《いちべつ》し、もうひとことだけ言い添えた。

「おれには関係ないから」

★ ★ ★

連休明け早々に、優三郎は四時間の残業を余儀なくされた。荒天で首都圏の交通機関は大混乱をきたし、配送のトラックも軒並み遅れていた。

ようやく作業を終えて、私服に着替えておもてに出た。横殴りの雨で傘がほとんど役に立たず、すぐそばのバス停まで走る間にびしょ濡れになった。誰もいない屋根の下で時刻表を見ると、バスは行ってしまったばかりだった。遅い時間は便数が少ない。次は三十分後だ。

疲労のせいか低気圧のせいか、頭痛までしてきた。とりあえず家に連絡を入れようとスマホを出したとき、道を走ってきた車が目の前で停まった。

車高の低い、赤い車だった。車に詳しくないので車種はわからないけれど、ふたり乗りの、いわゆるスポーツカーだ。窓がするすると開き、見覚えのある顔がのぞいた。

「今、帰り？」

土屋《つちや》だった。

異動になった主任――今となっては元主任だ――の後釜として、本社からやってきた女性社員である。主任、と呼ぶと元主任とまぎらわしいため、目下のところ「土屋さん」と名前で呼ばれている。

「はい」

直立不動で、優三郎は答えた。声が少しかすれてしまった。

土屋には、なんともいえない独特の貫禄がある。三十代後半と聞いたが、角度や表情によっては二十代にも四十代にも見え、つかみどころがない。仕事中も、目が合ったり声をかけられたりするたび、体がこわばる。特に無愛想なわけでも高圧的なわけでもなく、物腰はやわらかいのに、どういうわけか緊張する。有能ぶりを無意識に感じとって、萎縮してしまうのだろうか。

本人の赴任前から、そのうわさで倉庫中が持ちきりだった。女性管理職の育成は全社課題として挙げられている。土屋も未来の幹部候補生のひとりと目されているらしく、将来を見据えて現場の経験も積ませておこうという上の意向を受けて、今回の異動が決まったそうだ。

「乗って。家まで送ります」

思いがけない言葉に、動転した。

「いいです、おかまいなく」

「遠慮しないで。この時間だし、バスもなかなか来ないでしょう」

遠慮ではない。優三郎は車が大の苦手なのだ。

家の車やバスは問題ない。瑠奈の車にもときどき乗せてもらう。タクシーも後部座席なら大丈夫だ。ただ、普通の乗用車に家族以外の誰かと乗るのは、できる限り避けたい。ましてや上司とふたりきりなんて、息が詰まる。比喩ではなく、もうすでに息が苦しい。

「乗って。早く」

土屋の声がわずかに険《けわ》しくなって、優三郎はたじろいだ。これ以上固辞するのは感じが悪いかもしれない。土屋だって早く帰りたいはずなのに、親切心で送ろうと申し出てくれているのだ。

「ありがとうございます」

観念して、助手席に乗りこんだ。ドアを閉めると雨音が遠のいた。車がすべるように走り出す。

「東くんって、前の主任と親しかったんでしょう?」

進行方向に目を向けたまま、土屋が口を開いた。質問の意図をつかみあぐね、優三郎は慎重に答えた。

「いろいろとよくしてもらってました」

「バイトの頃からのつきあいなんだってね? 困ったことがあったら東に聞け、って言われた」

そういえば、異動の直前に開かれた送別会で、「後は頼んだぞ」と主任に言われた。優三郎は明らかに後を頼まれるような器ではないが、酒の入った主任に反論してもさらにからまれるのがおちなので生返事で流した。だいぶ酔っぱらっているようだったけれど、あながち酒の勢いだけでもなかったのだろうか。さみしくなるなあ、と主任は優三郎の肩を抱いて繰り返してもいた。それは置いていかれるこっちのせりふだと思ったものの、言い返しそびれた。主任が涙目になっていたのだ。

「周りをよく見てるし、口も堅いから頼りになる、って」

ものは言いようだ。優三郎が周囲をうかがってしまうのは思慮深いわけではなく小心なせいだし、口が堅いというより気安く話せる相手がいないだけである。

「だから、東くんの意見が聞きたくて」

ちょうど赤信号にひっかかって、土屋が助手席のほうに顔を向けた。真剣なまなざしだった。

「ここでうまくやってくために、わたしはどうすればいいのかな?」

優三郎を車に乗せてくれたのは、純然たる厚意からでもなかったのかもしれない。そのほうがこっちも気は楽だが、しかし返礼として、なにかしら役に立つ「意見」をのべなければならないようだった。

「今のままで、いいんじゃないですか」

おそるおそる言ってみた。

おせじではない。新主任の評判は今のところ上々だ。現場の隅々まで目配りを怠らず、トラブルも手際よくさばいていく。取引先や本部と衝突したときも、矢面《やおもて》に立って交渉してくれる。それでいて、いばった様子もない。もともと同性の社員には歓迎されていたけれど、最近では男性社員たちからも頼りにされつつある。

「そう？　ほんとに大丈夫？」

「はい。そう思います」

土屋はしばし黙りこみ、小さな声で言った。

「ありがとう」

その後も、ぽつぽつと会話をかわした。

といっても、話しているのはほとんど土屋だ。さまざまな話題について、とりとめもなく喋る。他愛のない世間話をしているうちに気がゆるんできたのか、会社に対する愚痴《ぐち》や文句もまじりはじめた。

優三郎には、話の内容は気にならなかった。そんな余裕がなかった。

吐き気と頭痛はますますひどくなっている。湿ったシャツとジーンズが体にへばりつき、冷えたせいか寒気もする。車酔いではないはずだった。土屋の運転は巧みだ。父のようにしょっちゅう急ブレーキをかけないし、母のように飛ばしすぎない。真次郎のようによその車に悪態もつかない。加速も減速もなめらかで、ほとんど振動を感じない。

それなのに、首根っこをつかんで力任せに揺さぶられているかのように、頭がぐらぐらする。

どしゃ降りの雨が行く手をかすませている。無事に、また一刻も早く家に帰りつけるように祈りつつ、優三郎は上の空で相槌《あいづち》を打ち続ける。

★/★

連休明けのスナック星月夜には、閑古鳥《かんこどり》が鳴いていた。

二週間ぶりに迎えた東泉堂の休業日、気分転換しようとひとりで出てきた真次郎は、瑠奈に盛大な歓迎を受けた。ひまを持て余していたらしい。あまりに客が来ないので、月子ママは店を娘に任せて早々に帰ったという。

がらんとした店で瑠奈に酌をしてもらい、ちびちびと飲んでいるうちに、酔いも手伝ってつい愚痴をこぼしてしまった。

「こないだ、お客さんに担当交代してくれって言われちゃってさ」

「きついよね、わかるわかる」

瑠奈はすかさず話に乗ってきた。

「うちにもいるよ。月子ママがいないなら今日はいいや、って帰っちゃうお客さん」

「ひどいよな」

「まあ、お母さんはお母さんで、結局おばあちゃんにはかなわないって泣いてたこともあったからね。うちらなりに、がんばるしかないのかも。古いお客さんをひきとめられなくても、新しいお客さんに気に入ってもらえばいいんだし」

達観した口ぶりで言い終えるなり、さっと顔を赤らめる。

「やば、なんか語っちゃった」

「いや、元気出たよ。ありがとう」

真次郎は素直に礼を言った。十代の頃は素行がいいとはいえず、学校でも問題児扱いされていた瑠奈だけれど、根は存外まじめだ。派手な身なりと厚化粧で損をしている。

成績もひどかった。高校では留年しかけて、放っておけなくなった真次郎が勉強を見てやったこともある。教えればけっこうのみこみは早く、「やればできるのに」とたしなめると、「だってやる気が出ないんだもん」とすまして受け流された。

「でも、うちらってめっちゃ親孝行だよね？」

「そうか？」

真次郎のほうは孝行どころか、父の足をひっぱりやしないかと日々肝を冷やしている。

「だって、自分の商売を子どもが継いでくれるって、親はうれしくない？　うちのお母さんもだし、東のおじちゃんだって」

瑠奈はもっともらしく断じた。

「真ちゃんはえらいと思う。あたしはひとりっ子だから、継ぐしかないでしょ？　だけど真ちゃんとこは四人もいるのに、自分から引き受けて立派だよ」

「別にそんな、たいしたもんじゃないけどな」

「たいしたもんだよ。もしあたしが四人姉妹の二番目だったら、さっさと逃げ出してたかも」

四人兄弟の一番目の顔が思い浮かび、真次郎は首をすくめた。

「どんな長女かにもよるんじゃないか?」

真次郎にしても、幼い頃から家業を継ぐつもりだったわけではない。多くの子どもがそうであるように、父親の職業について深くは知らなかったし、積極的に知ろうともしなかった。父も家で仕事の話はしなかった。

真次郎は占いではなく、野球に夢中だった。小学生のときから町内の少年野球チームに入り、中学では野球部の主将をつとめた。高校を選んだ決め手も野球だ。県内でも有数の強豪校で、夏の甲子園行きをかけた地方予選にレギュラー選手として出場した。

その決勝戦で、怪我《けが》をした。膝の複雑骨折だった。

手術をすれば日常生活には支障ないものの、野球を続けるのは難しいと診断された。文字どおり目の前がさあっと暗くなった。医師は真次郎の顔を見て、趣味としてやるくらいなら問題ありませんよ、とつけ加えた。なんの慰めにもならなかった。真次郎にとって、野球は趣味ではなかった。すべてだった。

手術が成功しても気は晴れなかった。家族や友達から腫《は》れもの扱いされるのも憂鬱《ゆううつ》だった。漫画もゲームもSNSも、野球の合間に時間を惜しんでやる分には魅力的だったなにもかもが、うそみたいにつまらない。

　父がリビングに置き忘れていた本を手にとったのは、退屈をまぎらわすためだった。数人の共著で、表紙に著者名が並んでいた。中ほどに東豊泉の名前もあった。

　あれもまた、めぐりあわせだったのかもしれない。真次郎の知りたかったことが、そこに記されていた。どうしてこんなことになったのか——怪我をしてこのかた脳内にこびりついて離れない問いの答えが、書いてあった。

　科学では説明しきれないことが世の中には存在する。たとえば、大事な試験の当日に高熱が出たとする。発熱したのはインフルエンザのせい、インフルエンザに感染したのは空気中のウイルスを吸いこんだせい、ウイルスが漂っていたのはインフルエンザにかかった誰かが咳をしたせいだ。科学的な因果関係をたどるなら、そうなる。しかし、発熱の原因を突きとめたところで、本人は納得できるだろうか。最も知りたいのは、なぜよりにもよって試験日に熱が出たのかということだろう。その疑問に、科学は明快な回答を与えられない。

　真次郎も同じように感じていた。野球をあきらめざるをえないのは全力で走れなくなったせいで、走れないのは膝を骨折したせいで、骨折は強い負荷がかかったせいで、それは転んだ拍子に足がおかしな角度にねじれたせいだ——でも、なんで、よりにもよってこのおれが？

　おれが悪いんだ。自答すると、膝の痛みは倍増した。

　他の誰のせいでもない。自分で走って、自分で転んだ。あそこでつまずきさえしなければ、もっと入念に準備運動をしていたら、日頃から筋肉を鍛えておけば、こんなことにはならなかったかもしれない。

当時を振り返るたび、真次郎は胸が詰まる。なにもかも自己責任だと苦悩したのは、なにもかも自分でコントロールできると信じていたからにほかならない。ある意味、傲慢《ごうまん》だった。思えば、怪我をする前から、真次郎は努力を過信していた。一生懸命やれば必ず成果がついてくるはずで、逆に、はかばかしい結果が出ないのはがんばりが足りないせいだとみなした。自分のみならずチームメイトのことも、ともすればそのような目で見ていた。

そうじゃないかもしれない、と父の書いた文章は思わせてくれた。もちろん、個人の努力や意志も大切だ。ただ、努力や意志とは関係なく、突如として理不尽な不幸が降りかかってくることもある。

そこでまた、真次郎は新たな疑問につきあたった。仮に、自分の力では動かしようのない運命が存在するとして、そんなものを占うことになんの意味がある？

「難しい質問だな」

と父は言った。

「占い師によって、いろんな考えかたがある。運命ってものを、どうとらえるかによるな」

例の本の表紙を、手のひらでなでた。

「たとえば、運命が本みたいなものだとする。ひとり一冊、生まれてから死ぬまでに起きることが全部書かれてる。つまり、人生の物語だ。その前提でいくと、占いは、どこかのページを開いて読んでみせるってことになるのかもしれない」

この怪我もどこかに書かれていたのか、と真次郎はぼんやり考えた。ぞっとした。

「それもひとつの考えかただけど、お父さんはちょっと違うイメージを持ってる」

父が本をぱらぱらとめくり、脇に置いた。

「運命は、花壇みたいなものじゃないかな」

「花壇？」

真次郎はきょとんとして問い返した。本のほうがまだわかりやすかった。

「お父さんは昔、師匠からそう教わったんだ」

運命の花壇は、各人が生まれたときにもらい受ける。場所は自分では選べない。山のてっぺんかもしれないし、川のほとりかもしれないし、荒野の真ん中かもしれない。土の質もさまざまだ。肥沃《ひよく》な土壌だったり、石ころだらけだったり、からからに乾燥していたりする。

「人間は、どこに生まれてくるか選べない。どの国のどの街かも、どんな家のどういう親かも」

真次郎にも、たとえ話の意味がおぼろげにつかめてきた。

「花壇の状態が違うみたいに、生まれついた環境はひとそれぞれってこと？」

「そう。で、どの花壇にも、たくさん種が埋まってる。いわば可能性の種だな」

父がにっこりした。

「放っといてもすくすく育つ強い種もあるし、大事に世話してやらないとすぐ枯れる種もある。芽が出ないで、土の中に埋まったまま腐るのもある」

それぞれの種がどう育つかは予想しづらい。無数の要因が複雑にからみあっている。どれだけ土を耕すか、水や肥料はどのくらいやるか。日当たりや風通しはどうか、気候や土壌に合った品種なのか。さらに、不測の事態も絶えず起きる。伸びすぎた一株の陰で周りの新芽が枯れてしまう。萎れかけている葉が肥料の養分で持ち直す。時には暴風雨に襲われ、茎がぽっきりと折れてしまう。

「自分ががんばって、どうにかできることもある。どんなに手を尽くしても、どうにもならないこともある」

水やりの頻度や肥料の量は調整できても、天気は変えられない。

「占いで、それがわかるの?」

「なにからなにまで完璧に、ってわけにはいかないけどな」

まずは花壇をよく観察する。どんな土にどんな種が埋まっているか、つまり生来の環境や資質を探る。それから、苗の育ちぶりや天気のぐあいを見比べ、今後を予測する。

「おれの花壇には、野球の種が埋まってたのかな」

「うん。真次郎が大切に世話して、立派な花が咲いた」

真次郎はちょっと泣きそうになった。

「もう枯れちゃったけどね」

「残念だけど、そういうこともある」

真次郎の目をまっすぐに見て、「でも」と父は続けた。

「全部が消えてしまうわけじゃない。きっと土に還って、次の種を育てる養分になる。今こんなことを言われたって、そう簡単には割り切れないだろうけど」

確かに、割り切れたわけではなかった。まだ悲しい。悔しい。膝も痛む。それでも、真次郎の気分は少しだけましになっていた。

「父さんには、わかってたの？」

思いついて、聞いてみた。

「おれが骨折するってこと。占いで」

「まさか」

父は言下《げんか》に否定した。本人に頼まれない限り、誰かのことを勝手に占ってはいけないものらしい。

「じゃあ、もしおれが頼んだら、占ってくれた？」

「そりゃ、頼まれたら断りはしないよ。でも、占ってほしかったか？」

真次郎は首を振った。占ってもらったとしても、なにも変わらなかっただろう。怪我をしそうだから野球をやめろと命じられても、決勝戦に出るなととめられても、真次郎は耳を貸さなかったはずだ。

だったら、後悔しなくていいのかもしれない。怪我をしたことも、それに、心をこめて野球の種を育ててあげたことも。

「結果を気にしないなら、占っても意味がない。必要な人間にだけ届くのが、占いなんだ」

父の言うとおり、まさにあの日、真次郎のもとに占いの世界から招待状が届いたのだ。

「父さん、おれのこと占ってくれない？」

真次郎は言った。嵐が去った後、次はどんな花を咲かせられるだろう。


玄関のドアを開けた母は、優三郎の顔をひとめ見るなり、洗面所からバスタオルをとってきた。上がり框《かまち》にへたりこんだ息子の肩にばさりとタオルをかぶせ、背中を優しくさすってくれた。

「会社のひとが、車で送ってくれたんだけど」

最後まで言わなくても、母には通じたようだった。

「もう大丈夫よ。よくがんばったね」

洗剤の匂いがするタオルにくるまって、優三郎はそっと目を閉じた。吐き気も悪寒も少しずつおさまってきた。母の言うとおり、もう大丈夫なようだった。

あの日も、優三郎は体調が悪かった。

小学二年生の一学期、夏休みを間近にひかえた蒸し暑い日だった。朝から全身がだるく、頭もぼうっとしていた。今日はお休みしたら、と母が心配するのを振り切って登校した。熱はなかったし、少し前にちょっとした諍《いさか》いが起きたばかりだったのだ。

欠席の続いていた優三郎に、ずる休みじゃないの、と陰口をたたいた男子がいたのだった。それを聞きつけた瑠奈が食ってかかり、取っ組みあいの喧嘩になった。しまいには瑠奈がその子を泣かせて、母親が学校に呼び出された。優ちゃんは悪くないよ、瑠奈が血の気が多すぎるだけなんだから、とは言われたものの、優三郎は責任を感じていた。

日中も症状はおさまらず、かえってひどくなっていた。ようやく迎えた放課後、優三郎はひとりで学校を出た。ふだんは隣のクラスの瑠奈と一緒に下校するが、帰りの会が長びいていて、待つ元気がなかった。

外はよく晴れていた。蟬《せみ》の声がやかましかった。歩いているうちに全身から汗が噴き出し、いよいよ気分が悪くなってきて、ついに道端でしゃがみこんでしまった。

「どうしたの？」

声をかけられ、優三郎はのろのろと目を上げた。母と同年代くらいの、見知らぬ女性が立っていた。

「立てる？」

腰をかがめて手をさしのべてくる。ふくよかな指に、石のついた指輪がいくつもはまっていた。通りすがりの他人に助け起こされるのは面映《おもは》ゆく、優三郎はどうにか自力で立ちあがった。頭がくらくらして、足もとがふらついた。

「おいで。おうちまで送っていってあげる」

女は優しく言うと、優三郎の肩に手を添えて横を向かせた。見れば、通学路から枝分かれした狭い路地の先に、車が一台停まっていた。

　優三郎は後ずさった。知らないおとなの車に乗ってはいけない、と家でも学校でもつねづね注意されている。

「ね、行きましょう」

　赤ん坊をあやすような、甘ったるい猫なで声とはうらはらに、女の目はぎらぎらと光っていて異様だった。

　強い力で肩を抱かれた。香水の匂いが鼻をついた。早く逃げなければと気は逸《はや》るのに、手足に力が入らなかった。半ばひきずられるようにして、優三郎は車の助手席に押しこまれた。冷房の利いた車内には、女の体からたちのぼってくるのと同じ匂いが充満していた。汗ばんだ全身に鳥肌が立った。

「シートベルトをしめてね」

　運転席から女が言った。なけなしの力を振りしぼり、優三郎は必死に首を横に振った。手も足も麻痺《まひ》したみたいに動かないので、それがせいいっぱいの抵抗だった。

「あら、自分でできないの？　しょうがないわねえ」

　女はくすくす笑った。優三郎の体に覆いかぶさるようにして手を伸ばすと、やおら動きをとめた。

「震えちゃって。こわがることなんか、なんにもないのに」

　鼻先がくっつきそうなほど顔を近づけて、まじまじと優三郎を見つめる。憑《つ》かれたような熱っぽい目つきだった。

「ああ、かわいい」

陶然とため息をつき、優三郎に頰ずりした。

「なんてかわいいの」

そのまま、ものすごい力で抱きすくめられた。体がつぶれそうだった。苦しくて、おそろしくて、身じろぎもできなかった。

どん、と鈍い音が響いたのは、そのときだった。

女の腕がゆるんだ隙に、優三郎は体をよじって顔をそむけた。げほげほとむせながら、窓の外に目をやった。涙でぼやけた視界の先に、瑠奈がいた。すさまじい形相でガラスをたたいていた。

女はその場で逮捕された。瑠奈が思いきり騒いでくれたおかげで、通行人も集まってきて、そのうちの誰かが通報したようだ。優三郎は病院に運ばれて手当を受けた後、駆けつけた両親に付き添われ、病室で警察の事情聴取にのぞんだ。担当の刑事は、テレビドラマから抜け出てきたかのような、小太りの中年男とのっぽの若者の二人組だった。ふたりとも、優三郎が車内でなにをされたのかを知りたがった。

「抱きつかれました」

優三郎は答えた。記憶をたどろうとすると頭がずきずきとうずいたが、深刻そうな顔つきのおとなたちに取り囲まれて、黙っているわけにもいかなかった。

「それはお友達も証言してくれたよ」

年嵩《としかさ》の刑事が言った。瑠奈のことだ。後から本人に聞いた話では、車の窓ガラスをたたき割ろうとしていたらしい。

「他には？」

若いほうの刑事がたずねた。

「体をさわられたり、痛いことをされたりしなかったかな？」

優三郎は首を横に振った。両親と刑事たちがほっとしたように目くばせした。よかった、と皆がくちぐちに言いあった。

よかったのだ。

あの日からずっと、優三郎も自分にそう言い聞かせてきた。大事《おおごと》にならなくてよかった。暴力をふるわれたわけでも、遠くに連れ去られたわけでも、命の危険にさらされたわけでもない。頬ずりされて、抱きしめられただけだ。たいしたことじゃない。もっとひどい目に遭った子どもの事件が、日々報道されている。

たいしたことじゃない。あれからもう十五年以上も経っている。いいかげんに、乗り越えなくてはいけない。

開店直後の星月夜に、客の姿はなかった。

「いらっしゃいませ」

店に入ってきたのが恭四郎だと見てとるや、瑠奈の声は営業用のそれから半オクターブ下がった。

「なあんだ。恭四郎か」

「なあんだって、お客様に向かってそれはなくない？」

カウンター越しに言い返し、恭四郎はスツールに腰を下ろした。

「腹へった。なんか食わせて」

スナックなので酒のあてが中心だが、頼めば焼きそばやお茶漬けなんかも作ってくれる。客の大半は地元の常連で、よくも悪くもなんでもありの店だ。

「家でごはん食べないの？」

「今日はみんな遅いんだって」

父と真次郎は顧客と会食で、母は職場の歓送迎会だという。家になにかしら食べるものはあるはずだけれど、恭四郎はサークル帰りに星月夜に寄ろうと決めていた。瑠奈に話さなければならないことがある。

「おばさんは？　休み？」

客ばかりでなく、店主の姿も見えない。

「そろそろ来ると思う。昨日飲みすぎたっぽくて、へばってた。年だね」

瑠奈は容赦《ようしゃ》ない。月子ママは恭四郎たちの父と同い年だ。

じゃまが入らないうちに、話してしまったほうがいいだろう。瑠奈が注いでくれたビールをあおり、恭四郎は口火を切った。

「瑠奈ちゃん、優ちゃんとは最近会ってる？」

「ええと、先月、家に行ったとき以来かな？　なんで？」

瑠奈が首をかしげた。恭四郎の声に含みを感じとったのかもしれない。

「なんか変なの見ちゃったんだけど、おれ」

先週の、あれは七時前くらいだっただろうか。梅雨入り以来ぐずつきがちな空が珍しく晴れあがり、まだ往来はほの明るかった。

家に帰ってきたら、門の数メートル手前に、真っ赤なスポーツカーが停まっていたのだった。変哲のない住宅街のど真ん中で、色もかたちも派手な車は浮いていた。どんな奴が乗り回しているのだろうとすれ違いざまに車内を盗み見て、恭四郎はぎょっとした。助手席に優三郎が乗っていた。

運転席に座っているのは、見知らぬ女だった。優三郎より年上だろうか、くっきりした目鼻だちの勝気そうな美人だ。ふたりとも恭四郎には気づかず、なにやら話しこんでいる。名残惜しくて別れをひきのばしている風情に見えなくもなかった。

玄関で待ち構えていた恭四郎が問い詰めると、会社の上司だよ、と優三郎はもごもごと答えた。なにかあるなと確信した。さらに追及したところ、こうして送ってもらうのは今回がはじめてではないと優三郎は白状した。ますますあやしい。これは瑠奈の耳にも入れておかねばならない。

そうはいっても、勇《いさ》んで告げ口するのも子どもじみている。下手な伝えかたをしたら瑠奈を動揺させてしまうかもしれない。どうしたものかと迷っているうちに、一週間が過ぎてしまった。

ところが恭四郎の予想に反して、瑠奈はまったく動じなかった。

「ああ、職場のひとでしょ？　この春から異動してきたっていう」

平然と言う。

「なんか気に入られちゃってるみたいだよね。上司だし、断りづらいって」

さばさばした口ぶりには、嫉妬《しっと》も疑念も感じられない。どちらかというと優三郎を気の毒がっているような雰囲気さえある。

「瑠奈ちゃんも知ってたんだ？」

大事件さながらにもったいぶって報告したのが、俄然《がぜん》恥ずかしくなってきた。勘違いもいいところだ。あの優三郎が、瑠奈を裏切るようなまねをするはずがない。おおかた、一方的に好意を寄せられて困惑しているだけなのだろう。

「適当につきあったげれば、って言ってるんだけどね。恭四郎も励ましてあげてよ」

瑠奈はどこまでも落ち着きはらっている。たいした自信だ。自分自身というよりは、優三郎を信じているということかもしれないが。

「ビール、もっと飲む？」

「飲む」

空《す》きっ腹にアルコールを流しこんだせいか、じんわりと酔いが回ってきて、恭四郎は考えるのをやめた。考えてもしかたのないことは、考えないに限る。

★／★

星月夜に入ったとき、真次郎はすでにけっこう酔っていた。カウンターに座っている弟の姿をみとめ、見間違いかと一瞬いぶかしんだほどだった。

「なんで恭四郎がいるんだよ？」

「それはこっちのせりふだよ」

恭四郎はさもいやそうに答えた。

「会食じゃなかったの？　お父さんは？」

「いったん開いて、轟木さんと二軒目に行った」

なんで真ちゃんは行かないの、と重ねて問われるかと思ったけれど、恭四郎はなにかを察したかのように口をつぐんだ。やむをえず、真次郎は自分から言った。

「ふたりだけで話したいこともあるだろうから」

轟木の行きつけの小料理屋で、食事は和やかに進んだ。ただ、楽しそうに談笑する轟木と父に挟まれていると、真次郎はいつも場違いな気分になってくる。おとなの宴席にひとりだけ子どもがまぎれこんでしまったようで、居心地が悪い。それが伝わってしまうのか、ふたりのほうからもなにかと真次郎に話しかけてくれるけれど、そうやって気を遣わせるのもかえって心苦しい。

父も轟木も、別に難しいことを喋っているわけではない。社会情勢や景気の動向から、共通の知人の近況まで、どうということのない世間話だ。それでも、真次郎くんはどう思う、と轟木から話を振られるたび、肩に力が入ってしまう。単なる雑談で、構えずに率直な意見なり所感なりをのべればいいはずなのだが、試されているようで落ち着かない。轟木の瞳《ひとみ》には、日常的に他者に対して評価を下す立場の人間に特有の、冷徹な光が宿っている。他意はなくとも、無意識に相手を——敵か味方かの単純な二択ならまだしも、人間の格のようなものまで——品定めしている気配がある。真次郎が轟木を失望させたら、父にまで恥をかかせそうで気が重い。

「あのふたりは長いつきあいだもんね」

瑠奈がとりなすように言った。

手渡されたおしぼりで、真次郎は手と顔をまんべんなく拭いた。おやじくさいな、と恭四郎にはこれ見よがしに眉をひそめられたけれど、汗ばんでいた肌がさっぱりして人心地がついた。雨にもかかわらず店は盛況だ。ボックス席はふたつとも埋まり、月子ママが客たちの相手をしている。そのうちカラオケがはじまるかもしれない。互いに顔見知りの客も多く、店中で大合唱になることもままある。

「ちょっと真ちゃん、おやじくさいだけじゃなくて、酒くさいんだけど」

眉間にしわを寄せたまま、恭四郎が鼻をつまんでみせた。父も轟木もよく飲むから、最年少の真次郎が合わせないわけにはいかないのだ。

「お年寄りに負けるわけにはいかないもんねえ」

瑠奈が訳知り顔でうなずいた。

「お父さんと張りあうことないのに」

恭四郎にあきれられ、真次郎はどきりとした。酒量のことを言ったのだろうが、なんだか意味深に聞こえた。

見習いの頃、幾度か父の鑑定に同席させてもらったことがある。見学を許可してくれるくらいだから、相応に親しい仲の相手ばかりだったのだろうが、それにしても、誰もが長年の旧友みたいにふるまうのでびっくりした。父が気さくで飾らないのはふだんどおりだけれど、向こうも気を許しきっているのが感じられた。

今となっては、真次郎にも常連と呼べる客が何人もいる。それなりに信頼関係も築けていると思う。けれど、彼らと真次郎の距離は、父とその客たちほどには近くない。この先もっと近づけるかも、心もとない。

父にはかなわない。

そうこぼすと、経験が違うんだからあたりまえだと当の父には笑われる。でも、この差ははたして経験だけによるものなのか。真次郎は今年で二十八歳になる。父は同じ年齢で、独り立ちして東泉堂をはじめた。

もちろん、しゃにむに父を追いかければいいというものでもないのだろう。百人の占い師がいれば、百通りの占いがある。営業活動と勉強を兼ねて占い関連の催しに時折参加するたび、真次郎はそう実感する。会場に集まる占い師たちは、まさに十人十色だ。めいめいが己《おのれ》のやりかたで占い、その見立てを、これまた己のやりかたで客に伝える。他人と競うより、自身の実力を磨かねばならない。

「真ちゃん、大丈夫？　気持ち悪い？」

恭四郎に肩をつつかれた。瑠奈が気を利かせて水を注いでくれる。真次郎はコップを受けとって、ごくごくと一気飲みした。

「大丈夫」

くよくよしても、しかたない。がんばるしかない。

真次郎はこの仕事が好きだ。野球もそうだったが、元来ひとつのことにのめりこみやすいたちでもある。

それに、学べば学ぶほど、占いは奥が深い。当然だ。古来、占いは社会や政治と密接に結びついていた。西洋でも東洋でも、当代きっての賢人たちがこぞって研究し発展させてきた。今でこそ、占いは非科学的だと謗《そし》る向きもあるが、かつては科学と相反するものとはみなされていなかった。どちらも、この複雑きわまりない世の中を読み解くための手段だった。

そうだ、おれは、占いの力で世界をきりひらいてみせる。

「もうちょっと飲もう」

「まだ飲むの？」

恭四郎は瑠奈と顔を見あわせたものの、「ふたりにもおごる」と真次郎が宣言すると、それ以上は反対しなかった。

何杯かおかわりして、気がつけば、満席だったはずの店内が静まり返っていた。

「あれ？　おれ、寝ちゃってた？」

「いびきかいてたよ」

恭四郎が冷ややかに言った。真次郎は一時間以上も爆睡していたらしい。月子ママも一足先に帰ってしまったそうで、店には兄弟と瑠奈の三人だけが残っている。

「ごめんな、遅くまで」

瑠奈に謝ろうとした拍子に、額《ひたい》をがつんとカウンターにぶつけてしまった。

「いてっ」

「騒々しいなあ」

わざとらしいため息をついた恭四郎の分まで会計をすませて、店を後にした。

雨がやみ、あちこちに水たまりができている。飲食店のネオンがちらちらと反射して、うらぶれた路地に趣を添えている。

「また来てね」

見送りに出てくれた瑠奈が手を振り、恭四郎に向かって言い添えた。

「優三郎にもよろしくね。がんばれ、って言っといて」

そのときは聞き流したひとことが、歩いているうちに気になってきたのは、夜風で酔いが醒《さ》めて頭が回り出したからだろうか。

「なんのことだ、さっきの？」

真次郎は恭四郎にたずねた。

「え、なに？」

「瑠奈が、優三郎にがんばれって。なんかあったのか？」

「ああ、あれね」

恭四郎は事の次第をかいつまんで説明してくれた。

「真ちゃん、どう思う？」

なぜかあらたまって意見を求められ、「いいんじゃないか？」と真次郎は答えた。恋愛がらみかどうかはさておき、上司とは仲よくしておくに越したことはないだろう。

「え？　いいの？」

恭四郎が頓狂《とんきょう》な声を上げる。いいも悪いも、兄弟が口出しする話でもない。若干頼りないとはいえ、優三郎も立派なおとなだ。気になるとしたら、相手が年上らしいというところくらいか。年齢自体はいくつでもかまわないが、

「相手も独身なんだよな?」

と真次郎は念のため聞いてみた。不倫はまずい。そういえば、優三郎には女難《じょなん》の相があるのだ。しかしあの性格だし、人妻に手を出しはしないだろう。

「いや、そこまでは知らないけど」

「まあ、うまくいくといいな。優三郎には幸せになってほしいよ」

「なにそれ、本気で言ってる?」

恭四郎がどういうわけか不服そうで、真次郎は当惑した。

「なんだよ?」

「だって、瑠奈ちゃんはどうなるの?」

「どうなるって、普通に喜ぶんじゃないか?」

あの瑠奈が、友達の幸せを祝福しないはずがない。友達というか、親友と呼ぶべきか。いつもべったりくっついているから、多少さびしくは感じるのかもしれない。

「普通に? 喜ぶ?」

恭四郎は目をみはっている。

「あのふたりって、つきあってるんじゃないの?」

今度は真次郎が目をまるくする番だった。一拍おいて、合点がいく。かく言う真次郎も、一

時はすっかりだまされていたのだ。

「あれはな、つきあってるふりをしてただけなんだよ」

教えてやると、恭四郎はいっそう目を見開いた。

★
★
★

「優ちゃんと瑠奈ちゃんって、つきあってなかったの？」

恭四郎にたずねられ、優三郎は絶句した。せっぱつまったおももちで部屋に駆けこんできたので、またなにか厄介事が起きて占ってほしいのかと思ったら、予想とは違った意味で厄介な話だったようだ。

「真ちゃんに全部聞いたよ」

今晩ふたりが星月夜に行ったのは、優三郎も知っていた。瑠奈からメッセージが届いていたのだ。優三郎は残業を終えて帰宅し、シャワーを浴びて一息ついたところだった。

「ファンクラブ対策だったんだってね？　中学の」

「うん」

熱狂する女子たちに優三郎が怖《お》じけづいていたら、同情した瑠奈が恋人役を買って出てくれた。家族にまでうそをつくのは後ろめたかったけれど、秘密がもれたらだいなしだと瑠奈が言い張り、優三郎も同意せざるをえなかった。

真次郎に真相を打ち明けたのは、高校に上がってからだった。瑠奈もまじえて三人で、卒業後の進路について話していた流れで、話題が将来全般にまで及んだ。

「ところで優三郎たちはいつ結婚すんの?」

軽い調子で聞かれ、優三郎はぎくりとして瑠奈を見やった。機転を利かせてはぐらかしてくれるかと期待したのだが、不意打ちだったせいか瑠奈も露骨に顔をひきつらせていた。

「今さら照れなくてもいいのに」

なにも知らない真次郎は、にやにやしてふたりを見比べている。優三郎と瑠奈はすばやく目で相談した。なしくずしにごまかしてきたものの、そろそろ限界かもしれない。

「実は、つきあってないんだ。あたしたち」

瑠奈がふたりを代表して言うと、真次郎は眉を上げた。

「別れてたのかよ? いつのまに?」

「そうじゃなくて。そもそも、つきあってなかったの」

だまされていたと知った真次郎は、おおいに悔しがった。敵を欺《あざむ》くにはまず味方からって言うじゃない、と瑠奈は懸命に言い訳していた。

あのとき、真次郎には厳重に口どめしなかった。いずれ恭四郎にも伝わるだろうから、それで文句を言われたら謝るつもりで、そのままになっていた。一度うそをついてしまった手前、こちらから蒸し返すのもきまりが悪かった。

そしてとうとう、十年越しで謝罪の機会がめぐってきたわけだ。

「ごめん」

「水くさいよ。真ちゃんが知ってておれが知らなかったってのも、なんか腹立つし」

口では言いながらも、恭四郎はそこまで怒っているふうでもない。もう時効ということだろうか。

「てか、おれのほうもごめん。勝手に早とちりして、やいやい言っちゃって」

「いや、そもそも僕が悪いんだし」

「違う違う、このことじゃなくて」

恭四郎がにやりとした。

「こないだの話。もしや浮気？　とか疑っちゃって。はは、お前が言うなって感じ？」

自分で言って自分で笑い、急にまじめな顔になる。

「逆に、がんばってよ。優ちゃんには幸せになってほしいって、真ちゃんも言ってたよ」

「だから、ただの上司なんだって」

「いいから、いいから」

ちっともよくないけれど、恭四郎は聞いていない。

あの嵐の夜以来、帰りの時間が重なるたびに、送ろうか、と土屋から声をかけられるようになった。晴れている日は自転車を理由に断れるが、雨だとそうもいかない。ファミレスに寄って軽く食事をしたこともある。

車内でも、食事中も、土屋はよく喋る。話題はもっぱら自分自身についてで、はじめのうちは仕事の話が多かったのが、だんだん私生活にまで踏みこむようになってきた。恭四郎は隙あらば色恋に持ちこみたがるけれど、そういう感じではない。現に土屋自身が、忙しすぎて恋愛しているひまもないとぼやいていた。新しい配属先で気苦労を抱え、鬱憤《うっぷん》を吐き出す先を求めているだけなのだろう。ひとり暮らしだというし、現場になじみつつあるとはいえ、まだ日は浅い。大勢の部下を束ねる立場として、軽々しく誰にでも腹を割って話すわけにもいかない。弱みはなるべく見せたくないの、なめられるもの、と本人も言っていた。こんなこと話せるの、東くんだけだよ。

なぜ優三郎が選ばれたのかは謎だった。人柄を見こまれたんじゃない、と瑠奈はからかうが、それはないだろう。前主任は褒めてくれていたらしいけれど、はじめて土屋の車に乗った日のやりとりで、優三郎が頼りにならないのは早々にわかったはずだ。あれ以降は、職場がらみの助言を求められることもない。

いずれにしても、上司をぞんざいにはあしらえない。こちらから頼んだわけではないにせよ、送ってもらったり食事をごちそうになったりしている以上、話し相手くらいはつとめるのが礼儀だろう。ただ、相変わらず車に乗るとぐあいが悪くなるし、いつまでこれが続くのかと考えると気がめいってしまう。

「とにかく、がんばって。おれらも応援してるから」

恭四郎はほがらかに言い残して部屋を出ていった。どっと疲れを覚えて、優三郎は畳の上にごろりと倒れこんだ。

翌日も、恭四郎は星月夜に足を運んだ。今回はあらかじめ瑠奈に連絡を入れた。営業中だとゆっくり話しにくいので、夕方、開店の少し前に約束した。

「なんか、ごめんね」

挨拶もそこそこに、瑠奈のほうから謝ってきた。例によって、優三郎から話が通っていたようだ。

「鬼だよね。ふたりそろって、いたいけな小学生をだますって」

恭四郎はわざとおおげさに口をとがらせた。

「だます気はなかったんだけど、せっかくうまくいきかけてたとこだったから。ほとぼりが冷めたら話すつもりで、ついそのまんまになっちゃって」

それも優三郎から聞いている。一応は抗議してみせたものの、恭四郎もさほど腹を立てているわけではなかった。同じ状況に立たされたら、恭四郎だってうそをつき通すだろう。せっかく瑠奈に協力してもらって万事まるくおさまりかけているのに、無責任にひっくり返すなんてもってのほかだ。

「あ、ちなみに、黙っとこうって言い出したのはあたしだから。優三郎はひっぱられただけで、そもそも乗り気じゃなかったんだよ」

そこは初耳だったが、まあそうだろうなと思う。

あの日同級生の家から帰宅したとき、もし瑠奈がリビングに居あわせなかったとしたら、はたしてどうなっていただろう。優三郎ひとりなら、恭四郎の剣幕にうろたえて、ごまかしきれなかったかもしれない。

「だから、あんまり責めないであげて。ね？」

両手を合わせられ、少々鼻白む。この期《ご》に及んでも優三郎をかばうのか。元をただせば、瑠奈は巻きこまれただけだ。すべての発端は優三郎なのに、ちょっと甘やかしすぎじゃないか。

「別に、責めてないけど」

優三郎がうそをつくのを躊躇《ちゅうちょ》していたというのは、きっと本当だろう。それは優三郎の誠意であり、家族への思いやりでもあり、しかし同時に、弱さともいえるのではないか。

優三郎は悪者になりたくないのだ。その度胸がない、と言い換えてもいい。

「そっか、よかった。兄弟仲にひびが入っちゃったら、どうしようかと思った」

「そんなに心狭くないって、おれは」

恭四郎は頭を振って、意地の悪い考えを追いはらう。瑠奈がからむと、どうしても優三郎に対して手厳しくなってしまう。弟想いで心根の優しい兄を、決してきらいではないのに。

「いいよ、もう昔の話だし」

過去は、今やそれほど重要ではない。これからのことが、恭四郎の頭を占めている。

ゆうべ真次郎から衝撃の事実を明かされたときは、もっと早く知りたかったと思った。どうして教えてくれなかったのか、兄たちを恨みそうにさえなった。だが、よくよく考えてみたら、これでよかったのかもしれない。

恭四郎が十歳のとき、瑠奈は十五歳だった。小四の男児が中三の女子に想いを告げたとしても、受け入れられる可能性は限りなく低い。冗談だとみなされて適当にあしらわれでもしたら、つらい。仮に本気が伝わったとしても、瑠奈を困らせてしまいそうで、それもまたつらい。そのせいでぎくしゃくしてしまうのもつらい。

つらすぎて、くじけてしまったかもしれない。この恋心を、どこかで手放さざるをえなかったかもしれない。

「なんか飲む？　お詫びのしるしに、好きなのおごったげる」

瑠奈が言う。胸の高鳴りを悟られないよう、恭四郎はへらへらと答えた。

「ほんと？　なら、なんでもいいから高いやつで」

「なにそれ、雑すぎなんだけど」

瑠奈はボトルキープの酒がずらりと並んだ背後の棚を見渡して、最上段に手を伸ばした。ウイスキーの瓶をかざし、いたずらっぽく微笑《ほほえ》む。

「じゃあこれ、とっておきのやつ。お母さんには内緒だよ」

「やった」

恭四郎は声をはずませた。正直なところ、高級ウイスキーの味なんてよくわからないけれど、いかにも渋いおとなの飲みものという感じでかっこいい。なにより、瑠奈がそれを恭四郎のために選んでくれたことが、うれしかった。

「十八年ものだよ」

黄色いラベルに書かれた数字は、熟成にかけた年数を意味しているという。

「すげえ、おれとそんなに変わんないね」

あれから十年もの歳月を経て、恭四郎は二十歳に、そして瑠奈は二十五歳になった。十代では絶望的だった五歳の差は、もはやそんなに問題ではない。少なくとも、恋愛対象としてありえないとはねつけられはしないはずだ。この先、たとえば三十代や四十代にでもなれば、たった五歳の差くらい、さらに気にならなくなるだろう。

そんな先のことを考えるなんて、気が早すぎるだろうか。でも恭四郎は、三十代になっても四十代になっても、ずっと瑠奈と一緒にいたいのだ。

カウンターに置かれたグラスの中で、大ぶりの氷がからんと涼やかな音を立てた。琥珀《こはく》色の液体をなめると、舌がじんとしびれた。

★

小さく息を吐いてから、朔太郎は玄関の呼び鈴を押した。

「おかえり」

ドアが開いて、母が顔をのぞかせた。廊下の奥から父もやってくる。ここ数年、両親と顔を合わせるたびに、老けたなと思う。

「ただいま」

無難に応えてみたものの、朔太郎の言語感覚では「おじゃまします」のほうが断然ふさわしい。そんな本音をもらそうものなら、真次郎あたりに責められそうだが。

その真次郎も、父の後ろからのっそりとついてきた。

「おかえり」

弟たちのことは、大きくなったなと毎回思う。家を離れた当時の印象が強いからだろう。真次郎も優三郎もまだ小学生で、恭四郎にいたってはたったの三歳だった。それがいつのまにやら、三人とも二十代になってしまった。

洗面所で手を洗い、リビングに入った。三人がけのソファに、父と真次郎が並んで座っている。どんどん似てくるな、とこれまた毎回同じことを思う。傍《かたわ》らの、ひとりがけのソファは空いている。空いているというより、あえて空けてあるのだろうけれど、朔太郎は食卓の椅子をひいて腰を下ろした。

予定どおり、朝一番に九州を発ち、午後早めの時間に実家に到着した。これから家族と夕飯を食べることになっている。店も会社も盆休み中らしい。朔太郎のほうは、あまり暦《こよみ》は関係ない。空港近くのホテルに泊まり、明朝の始発便で帰って午後から出勤するつもりだ。

実家への帰省は、勤め先の大学で義務づけられた、年に一度の定期健康診断と似ている。採血もレントゲン撮影も胃カメラも、耐えがたいほどの苦痛ではないが、どうにも気が進まない。日頃は公私問わず、やるべきことは早く片をつけないと落ち着かないのに、こればっかりは先延ばしにしてしまう。そのうちに一段と気が重くなってくるところ、長く放っておくと催促されるところ、いざ受けてもこれといった効果を感じづらく達成感に欠けるところ、共通点はいくつもある。

「今、優三郎がケーキを買いにいってくれてるから。戻って来たら、おやつにしようね」

母がキッチンのカウンター越しに話しかけてくる。

「うん」

「駅前に新しいお店ができてね、ずっと気になってたのよ」

「うん」

おざなりな相槌をとがめるように、真次郎ににらまれた。ひさびさに会うのだから、もっと愛想よくしろというのだろう。言うべきことがあるなら言うけれど、なにも思いつかないのだからしかたない。それにしても、真次郎は考えていることがすぐ顔に出る。客商売なのに、仕事に支障はないのだろうか。

「恭四郎は夕方までアルバイトだけど、夜は一緒に食べるって」

朔太郎の生返事に気を悪くするふうでもなく、母はにこやかに続ける。

「うん」

「クレープ屋で働いてるんだよ。知ってたっけ?」

真次郎も口を挟んだ。うん、と惰性で答えそうになって踏みとどまった。

「いや」

「仕事は忙しいのか?」

父がたずねる。これは、「うん」で間違いない。ここで「そっちは?」と問い返せば、いくらか会話がはずむだろう。父だけでなく、家業を手伝っている真次郎も乗ってくるかもしれない。

だが、朔太郎は父や弟の仕事について別段聞きたいと思わない。本音をいえば、ちっとも聞きたくない。

「体に気をつけてな。毎日暑いから」

「うん」

「朔太郎の仕事だと、外も出歩くんでしょ。熱中症にならないようにね」

「うん」

天気の話題は便利だ。万人に通じる上、個人の価値観や思想にまで踏みこまなくてすむ。占いというものを、朔太郎は頭ごなしに否定するつもりはない。といって、手放しに肯定もできない。

真次郎は誤解しているふしがあるが、朔太郎は父のことや、ひいては実家のことを、きらっているわけではない。ただ適切な距離を保ちたいだけだ。その距離が、真次郎のそれに比べてかなり遠いせいで、違和感を覚えるのだろう。

玄関のほうで、物音がした。

「お、帰ってきたかな」

父が膝に両手を置いて首を伸ばした。隣の真次郎も、そっくり同じしぐさをしている。やっぱり似ている。

優三郎がリビングに入ってきて、手にぶらさげたケーキの箱をかかげてみせた。

「お兄ちゃん、おかえり」

幼い頃の面影がかすかに残る、はにかんだ笑顔をほほえましく感じつつも、しかし朔太郎は早くも帰りたくなっている。


夕食が終わると、朔太郎はそそくさと帰っていった。コンビニに行くという優三郎も一緒に家を出て、後の四人はそろって玄関口で見送った。

「お疲れさま」

ドアが閉まったのを見届けて、恭四郎は誰にともなく言った。気の張る来客ならともかく、実の兄を送り出した後の言葉としてはそぐわないかもしれないが、現に両親も真次郎もお疲れの様子である。疲労だけでなく、なんというか、ひと仕事やり終えた充実感のようなものも漂っている。

恭四郎が三歳のときに朔太郎は実家を離れた。お兄ちゃんと呼んではいるものの、印象としては兄というより遠い親戚に近い。たぶん向こうもそうだろう。あるいは、一緒に過ごした時間の長短もそんなに関係ないのかもしれない。恭四郎以外の四人にも、朔太郎は他人行儀な態度をくずさない。食事中もろくに口も利かず、所在なげにぼうっとしていた。いかにも世事にかまわなそうな、ああいうのを学者肌というのだろうか。

こうして家族が集まるとき、恭四郎は無邪気な末っ子として場を盛りあげるという任務を引き受ける。誰から頼まれるわけでもないけれど、年齢の面でも性格の面でも、そういう役回りだと心得ている。慣れているし、ことさら力みもしない。ただ朔太郎をまじえると、各人がふだんとどこか違う言動をとりがちで、ちょっと調子が狂ってしまう。

「ほんと、愛想がないよな。いつもとんぼ返りで」

中でも真次郎は、朔太郎が帰ってくるとぴりぴりする。両親が長男を歓迎するのがおもしろくないのかもしれない。

「しかたないんじゃない？　忙しいらしいし」

僻むなんておとなげない、と指摘してへそを曲げられてもややこしいので、あたりさわりなくとりなしておく。父も母も、なにも朔太郎を特別扱いするつもりはなく、たまにしか会わないから気合が入ってしまうだけだろう。

「忙しいのはみんな同じだろ。ちょっとは家族を気遣うべきだよ。子どもじゃないんだから」

それこそ子どものように、真次郎はふくれている。なんだかんだで家族愛が強い。

「まあでも、うちは真ちゃんがしっかりしてるしさ。真ちゃんが跡継ぎとしてちゃんとやってくれてるから、お兄ちゃんものびのびできるんじゃない?」

一応、真次郎を立ててみた。跡継ぎ、と呼ばれると真次郎の背筋は誇らしげに伸びる。実際、次男が家業を継いでくれて父も頼もしいだろう。

兄弟それぞれに、父との関係性は微妙に異なる。親子といえども一対一の人間どうしで、めいめいの性格や相性によって当然つきあいかたは違う。しかもわが家では、子どもたちの年齢がかなり離れてもいる。父自身も年齢を重ね、育児の経験を積むにつれて、親としての意識やふるまいも変わっていっただろう。

はじめての子である朔太郎が生まれたとき、父はまだ二十二歳だった。今の恭四郎とほとんど変わらない。自分の身に置き換えてみれば、来年親になるなんてとうてい無理だ。あらゆる意味で子どもを育てる準備ができていない。世代の差をさしひいたとしても、立派だとも無謀だとも思う。

若かりし父が長男をどのように育てたのか、もしくは育てようとしたのか、恭四郎には知る由《よし》もない。が、その結果として現在のふたりがあるとすれば、残念ながら大成功だったとはいえないだろう。父が若すぎたせいか、朔太郎が扱いづらい子どもだったのか、はたまた単に気が合わないだけか、理由はわからない。いずれにせよ、八年後に授かった次男に対して、父は長男のときの失敗をふまえて接したのではないだろうか。よき父になろうという努力はめでたく実り、真次郎は父親を敬愛するよき息子に育った。さらに二年後、優三郎が誕生した。こちらは病弱で繊細な子で、また別の意味で手がかかったと思われる。

恭四郎が生まれたのは、父が三十七歳のときである。父親歴にして十五年、すでにベテランの域だ。育児を妻に任せきりの夫なら、十五年といっても実質は十五ヵ月、下手をすれば十五日程度ということもあるかもしれないけれど、父は違う。子どもと過ごした時間でいえば、母より長いくらいだろう。三人三様の息子たちと長年つきあってきて、いい意味で肩の力も抜けていたはずだ。

おまけに、その末っ子は父親似だった。

真次郎が知ったら憤慨するか、いじけるか、とにかくこじれそうなので言わないが、父自身も認めていることである。母も同じ意見だ。子どもの頃、恭四郎はお父さん似だな、と感心されるたびに、褒められているような気がしてくすぐったかった。褒めるとまではいかなくとも、父も母もうれしそうだった。そして、これまた両親ともに、そう口にするのは兄たちのいないときに限られていた。

贔屓《ひいき》されていたわけではない。兄弟はわけへだてなく愛情を注がれ、平等に育てられた。とはいえ、性格が似ているというのは互いに理解しやすいということでもあって、仲間意識のような連帯感のようなものが恭四郎と父をひそやかに結びつけているのも確かだった。真次郎には悪いけれど、生まれ持った気質は変えようもない。

幼い恭四郎がちょっとした悪事——おもちゃを片づけないとか、カレーのにんじんをつまみ出して優三郎の皿に放りこむとか、食後の歯磨きが億劫《おっくう》でぐずぐずするとか——を働くと、たいてい両親より先に、真次郎にめざとく見とがめられた。兄貴風を吹かされるのがうっとうしくて無視したり反論したりすれば、たちまち喧嘩になった。父か母が仲裁に入り、双方の言い分を聞く。言いかたはともかく、主張している内容そのものは兄のほうが正しく、総じてそちらが通る。片づけや歯磨きをさせられることよりも、真次郎に勝ち誇った顔でにやつかれることのほうが、恭四郎にとっては屈辱だった。

ふてくされていると、父はこっそり耳打ちしてくれた。お父さんも歯磨きはきらいだよ。めんどくさいもんな。

親の言うことを聞かずに漫画ばかり読んでいたら、とりあげられて窓から庭に投げ捨てられた話や、学校の給食で隣の女子の分まで牛乳を飲んでやるかわり、デザートをせしめていた話なんかも聞いた。友達の宿題を丸写ししたり、小学生にして家出を敢行したり、子ども時代の父は恭四郎の想像をはるかに上回ってやんちゃだった。

兄さんたちにはないしょだよ、と父は決まって照れくさそうに話をしめくくった。恭四郎は秘密を守った。父に自分だけが知っている一面があると思えばわくわくした。年上だというだけで物知りぶる真次郎に、一矢報《し》いてやったような快感も覚えた。

「そうだ恭四郎、ケーキがあるよ。デザートにどう？」

リビングに戻ろうとしていた母が振り向いた。家族で三時のおやつに食べたらしい。恭四郎はアルバイトがあったので参加しそこねた。

「食いたい」

「お茶も淹《い》れようか？」

「うん。真ちゃんも飲もうよ」

まだ仏頂面をしている真次郎に、声をかけてみる。なにかと小競りあいの絶えなかった兄にこうして気を配れるようになるなんて、恭四郎もおとなになったものだ。

ひきあてたカードに目を落として、優三郎は考えこんだ。

一週間の盆休みは、またたくまに終盤を迎えている。朝から全身がだるくてたまらない。不吉な予兆というより、休みの終わりにつきものの憂鬱が原因かもしれないが、ついタロットカードに手が伸びていた。

手もとの一枚には、目鼻のついた月が描かれている。考えごとにふけっているようにも、痛みをこらえているようにも見える、物憂《ものう》い表情だ。

神秘的な月あかりのもとでは、なにが起きるかわからない。転じて、この月のカードは、ものの輪郭があやふやにぼやけているような、はっきりしない状態を意味する。光の届かない暗がりに、うそや不安が隠れているかもしれない。先の見通しがつかず、茫漠《ぼうばく》としてつかみどころのない状況がほのめかされているという。

あたっているといえば、あたっているのかもしれない。今後、土屋とどう接したらいいものか、タロットに問うてみたのだった。

休み中もほぼ毎日、ひっきりなしにメッセージが届いている。断りきれずに連絡先を交換してしまったのがよくなかった。内容はおしなべて他愛なく、運転中や食事のときに土屋がつらつらと語る雑談と大差ない。ただ、深夜も早朝もおかまいなしにじゃんじゃん送られてくるので気が休まらない。うっかり返信しそこねてしまうと、さらなる連投が繰り出される。返事をしろと怒ったり責めたりするわけではなく、「大丈夫?」「なにかあった?」などと優三郎のことを気遣ってくれているような文面で、やめてくれとも言いづらい。

この間、例のごとく瑠奈に相談してみた。

「うまくかわせないわけ?」

ずばりと言われた。

「かわそうとはしてるんだけど、なかなか」

「優三郎、そういうのが下手だもんね」

しかも、相手はそういうのが上手なのだ。かわそうとしても逆にかわされてしまう。土屋の機嫌をそこねて、今後の仕事にさしさわっても困る。なるべく刺激せずに距離を置くには、どうしたらいいのだろう。

「あたしとつきあってるってことにすれば?」

「ファンクラブのときみたいに?」

あの土屋に、中学生に使ったのと同じ手が通用するものだろうか。

「あなたは特別、って言ってくるんでしょ? 優三郎にはもう特別な相手がいるってわかったら、一気に醒めるんじゃない？　向こうだってプライドがあるし」

そういうものなんだろうか。女心はよくわからない。

「あっちの夢をぶちこわせばいいんだよ」

瑠奈は威勢がいい。

「優三郎から話せる？　それか、あたしが会いにいこっか？　優三郎にちょっかい出すな、って直談判《じかだんぱん》する？」

「それはやりすぎじゃない？」

あからさまに喧嘩腰でのぞむのはまずいだろう。土屋と瑠奈が対決している図なんて、想像するだけでそらおそろしい。

「びしっと言ってやったほうがいい気がするけどな。ああでも、向こうも具体的なことは言わないんだっけ？　好きとか、つきあってほしいとか」

「それはない」

だからよけいに、対処しにくい。

「そばに置いといて、愛《め》でたいってことなのかなあ。にしても、執着はしてるよね。はっきり言葉にしないのは、断られたくないからかも」

「弱みは見せたくない、ってよく言ってるけど」

「いるいる、そういうひと。見栄張ったって意味ないのに」

瑠奈がくしゃりと顔をしかめた。

「完全に面子《メンツ》をつぶしちゃうとやばいかもね。こっちから強制するんじゃなくて、自分からひきさがってくれるといいんだけど」

自分から、というところが肝腎なのだろう。土屋の面目を保ったまま、自然に離れていってもらいたい。

ため息まじりに、優三郎はカードをもてあそぶ。もの言いたげな月が、けだるいまなざしで見つめ返してくる。

★

飛行機と電車を乗り継ぎ、半日がかりで自宅に帰ってくると、朔太郎は心からほっとした。

「ただいま」

思わず声がもれた。実家でも何度か繰り返した言葉だけれども、比べものにならないほど実感がこもっている。われながら正直なものだ。

おかえり、と返事が聞こえてくるわけではない。ここで朔太郎を待ってくれている相手は声を持たない。上がり框に荷物を放り出して、すぐさま奥へ向かう。閉めきった室内が熱気でよどんでいる。

築五十年の平屋に、朔太郎は八年前から住んでいる。それまでは大学構内の学生寮で十年近く暮らした。博士課程を修了して学生の身分を失うと退去しなければならず、引っ越し先を探していたら、担当教授がここを紹介してくれた。県外に住む友人の実家で、両親亡き後は空き家になっていた。無人の家は不用心だし傷みやすいので、誰かに住んでもらえればむしろ助かるという。

入居前に一度、教授もまじえて家主と会った。両親ともに病院で最期を迎えた、すなわちこの家で息をひきとったわけではない、という話をながながと聞かされて当惑した。自然死は事故物件の定義に含まれないはずで、そこを強調される意図がのみこめなかった。後から教授に聞いてみたら、化けて出やしないから安心しろってことだろう、と言われた。間借り人を不安がらせまいと気を遣ってくれたらしい。

親切心はありがたいが、そんな配慮は無用だ。朔太郎は研究者の端くれとして、科学的に立証できないものは信じない。幽霊しかり、怨念《おんねん》しかり、そして占いしかりである。面倒なので、家具も食器も故人のものを使わせてもらっている。それよりも、家の老朽化のほうが問題だった。雨漏りするし、虫やねずみも出る。家賃はびっくりするくらい安いから文句は言えない。研究のために国内外でフィールドワークを敢行し、僻地《へきち》での野宿も数多く経験してきた朔太郎には、さほど苦にもならない。都度、最低限の手当てをしてしのいでいる。

縁側のガラス戸と雨戸を順に開け放つと、湿気を含んだぬるい風が吹きこんできた。あふれる緑が視界を満たす。

朔太郎がなにより気に入っているのは、この庭だ。

サンダルをつっかけて庭に下り、ざっと水をまいた。長期の出張で留守にするときは、研究室の院生に水やりのアルバイトを頼んでいるが、一泊二日の帰省でそこまでする必要はない。出発前にも念入りに水をやっておいたので、茂った草木はどれも生き生きと元気そうだ。

母屋にこだわらないかわり、庭には愛情を注いでいる。朔太郎が引っ越してきてから、ずいぶんみちがえた。

といっても、万人受けするような、いわゆる美しい庭ではない。四季折々の花が咲き乱れているわけでも、剪定《せんてい》された植木が整然と並んでいるわけでもない。雑草――この言葉はあまりに人間本位でどうしても好きになれないが――が伸びすぎたら適当に抜く程度で、どちらかといえば手をかけないように心がけている。水やりに来た後輩たちには、「庭っていうより野原っぽい」だの「ジャングルみたいですね」だのと言われる。一般家庭で人気の、かわいらしい花やおいしい実をつける品種も少ない。庭全体を見回してみても、ほぼ緑一色に近い。

朔太郎は苔《こけ》を研究している。

苔といえば、岩や木の表面にへばりついている地味なやつ、という認識が一般的だろう。おせじにも注目を集める存在とはいいがたい。だが実は、地球上におよそ二万種、日本国内だけでも約二千種が生息すると目される、奥深く研究しがいのある世界なのだ。

地味だからこそ、研究の余地が大きいともいえる。花や実をつける、いうなれば華やかな植物は、人目をひくだけあってすでに研究が進んでいる。研究しつくされつつある、と言い換えてもいい。それに比べて、苔類にはまだまだ解明できていないことが残されている。専門家も多くないし、新種の発見だって夢じゃない。野望を胸に、野山に出ては珍種を探し、採集した生体をひとつひとつ顕微鏡でつぶさに解析する。マイクロメートル単位のわずかな違いで、別種と分類される場合もある。注意力と根気は、ともに苔類学者にとって欠かせない資質だ。

来る日も来る日もそんなことを続けていたら、当然ながら標本は増える一方である。この家で暮らすようになって、庭と並んで喜ばしいのは、採集標本の保管に使う一室を確保できたことだった。寮生活では置き場所に限界があったけれど、今やいくらでも心おきなく集められる。万が一おさまりきらなくなってしまっても、まだ空き部屋がある。恵まれた環境のおかげでいよいよ歯どめがきかなくなっているが、研究者としては本望だ。

水やりのホースをくるくる巻いて片づけると、朔太郎は縁側に腰かけた。

もちろん、この庭にも多種多様な苔が共生している。こちらは研究のためというより純粋な趣味で、学術的な視点はさておき、日々のささやかな変化や生長を眺めているだけで楽しい。みずみずしい濃淡の緑は、どんなときでも朔太郎の心を安らかにしてくれる。苔に限らず、どんな植物もあるべき居場所にしっくりとおさまって、健やかに息づいている。

連日の早起きのせいか、眠気がさしてきた。ごろんとあおむけになって手足の力を抜く。聞こえてくるのは単調な蝉の声と、気まぐれな風の音ばかりだ。

たった一日離れていただけで、この静けさがことのほか心地いい。青くさい空気を胸いっぱいに吸いこんで、朔太郎はうっとりと目をつむった。

朝食がわりに胃薬を飲んで、優三郎は出勤した。

休み明けはいつだってきつい。休みが長ければ長いほどきつい。よっぽどひどい顔をしていたのか、無理しないほうがいいよと母には心配されてしまったが、ここでふんばらないと明日はもっときつくなる。

午前中はどうにか通常の業務を進め、昼休みは遊歩道のベンチで休憩した。外気にあたって多少は持ち直したのもつかのま、倉庫の中に戻ったとたんにまた胸がむかむかしてきた。フォークリフトが細かく揺れるたび、吐き気がこみあげる。

見かねたらしい班長に、今日はもう帰れとすすめられて、早退させてもらうことにした。本来なら現場の責任者である土屋にも一声かけなくてはならないが、幸い──というのも失礼な言いようだけれど──本社で会議があってこちらには来ていない。

更衣室で着替えている間に、気分はましになってきた。振動がよくないのだろうか。それなら自転車もやめておいたほうが無難かもしれない。バスも、気持ちが悪くなったときにすぐ降りられないのは困る。緊急事態だし、タクシーを奮発しようか。

自宅までいくらくらいかかるのか、検索してみようとスマホを取り出して、瑠奈からのメッセージに気づいた。

〈元気？　お盆休みはどうだった？〉

そういえば、しばらく会っていない。優三郎が休み明けで弱っているのを見越して、連絡をくれたのかもしれない。元気だとうそをつくのもなんなので、実はこれから早退するところだと返信したら、折り返し電話がかかってきた。

「迎えに行ったげるよ」

ちょうど、車で買い出しに行こうとしていたのだという。

「え、悪いよ」

「どうせ、ついでだから。あたしの車なら、気持ち悪くなったときはすぐ停められるし。バスやタクシーで吐いたりしたら大迷惑だよ」

そんなことを言われたら腰がひけてしまう。意地を張るほどの余力もない。言葉に詰まっている優三郎に、瑠奈はてきぱきとたずねた。

「車、どこに停めたらいい？」

裏の駐車場に回ってもらうように頼み、遊歩道のベンチで待つことにした。人目がなく、時間をつぶすにはもってこいだ。昼休みと同じで、風に吹かれていると楽になってきた。無事に帰れるめどが立ったおかげもあるかもしれない。ほどなく、もうすぐ着くと瑠奈から連絡が入った。

腰を上げ、来た道を戻って駐車場を抜けた。フェンスをへだてた外の車道に、瑠奈の車はまだ見あたらない。どっちの方角から来るだろうかときょろきょろ見回していると、名前を呼ばれた。

「東くん」

優三郎は飛びあがった。通用口のほうから、土屋が小走りに駆け寄ってきた。

「大丈夫なの？　ぐあいが悪いって聞いたけど」

本社の会議が予定より早く終わり、先ほどこっちに戻ってきたという。

「車を停めたときに、あっちに歩いてく背中が見えて」

遊歩道のほうを指さす。遠目だったし、休憩時間でもないから、見間違いだろうと思ったらしい。その後、優三郎が体調不良で早退したと班長に聞き、あれは本人だったのかと思いあたって様子を見にきたそうだ。

「家に帰るんだよね？」

「はい。今から帰ります」

内心ひやひやしつつ、答えた。早退するほど調子が悪いのに、なにをもたもたしているのかと不審がられただろうか。仮病かと疑われたらたまらない。

が、土屋は優三郎をとがめる気はないようだった。

「顔色悪いね。車で家まで送るよ」

「いえ、いいです。土屋さんもお忙しいでしょうし」

優三郎は必死に辞退した。友達が迎えに来てくれるとは言いづらく、中途半端な断りかたになってしまった。

それが裏目に出た。

「遠慮しないで。一日本社にいるつもりだったし、あとは家で仕事しようと思って資料を取りに寄っただけだから。帰り道だし、ついでに送るよ」

眩暈がしてきた。こんなことなら、迎えが来ると最初から正直に言えばよかった。わざとごまかしていたと誤解されそうで、今さら言い出せない。

「ね、とりあえず行こう。こんなとこでもめてたら、何事かと思われちゃう」

土屋が低い声でささやき、優三郎の腕を軽くひっぱった。

「東くん、早く」

視界がぐらりと揺れた。考えるより先に、優三郎は土屋の手をはらいのけていた。

記憶が、頭の中ではじけた。あの日もよく晴れていた。蟬の鳴き声がやかましかった。小学校の通学路、照りつける陽ざし、指輪のはまった白い手、路地裏に停まった車、断片的な光景が目の前でめまぐるしく点滅する。

優三郎は地面にうずくまった。目をつむり、両手で口をおさえる。吐きそうだ。

「東くん？」

頭上から声が降ってくる。のどが詰まって、返事ができない。ひとりで帰れます、と断りたいのに。車に乗ってはいけないのに。

肩にふれられ、息がとまりそうになった。

「優三郎」

土屋の声ではなかった。

「帰ろう、優三郎」

そろそろと目を開ける。正面に瑠奈がしゃがみこんで、優三郎の顔をじっとのぞきこんでいた。


夜の繁華街は混沌としている。千鳥足《ちどりあし》でふらつく酔っぱらい、路上にだらしなく座りこむ若者の群れ、居酒屋や風俗店の呼びこみ、雑多な人々を色とりどりのネオンが照らし出している。日中よりいくらか気温は下がったものの、風がなくじっとりと蒸し暑い。汗や下水やジャンクフードの油や香水や、その他もろもろがごちゃまぜになった、よどんだ臭気がまとわりついてくる。

酔いのせいか、喧騒《けんそう》にかき消されまいとしてか、こぞって声高に喋っている周囲の人々に負けじと、恭四郎も声を張りあげる。

「いまいちだったな。ごめん」

謝ると、瑠奈は首を振った。

「ううん、おもしろかったよ。こういうの、ひさしぶりだったし」

軽音サークルの友達に、公演のチケットを買わされたのだった。以前ダンスのチケットを買ってもらった手前、断れなかった。実際に足を運ぶかどうかは決めていなかったが、チケットを二枚受けとったところで天啓のようにひらめいた。日曜日なら星月夜は休みだ。

「でも、あのボーカルなら恭四郎のほうがうまいんじゃない?」

「かもな」

うまくても下手でも、別にどっちでもよかった。瑠奈を誘う口実にさえなれば。

こうしてふたりきりで外出するのははじめてだ。家や星月夜でふたりになることはあっても、誘いあわせてどこかへ遊びにいくとなると、決まって優三郎が一緒だった。というか、瑠奈と優三郎が遊びにいくときに恭四郎もまぜてもらっていた。

ライブハウスは暗くて狭く、隣に立つ瑠奈とたまに腕がふれるたびにどぎまぎした。中学生かよ、とわれながらあきれる。いかにもしろうとくさい、騒々しいだけでぱっとしない演奏を聞き流しつつ、恭四郎はライブが終わった後の段取りばかり考えていた。

「なんか食ってく?」

歩きながら、用意してあったせりふを口にする。

「焼肉とか、どう? よさげな店があるんだ」

「おお、いいね」

瑠奈が楽しそうにうなずいた。恭四郎の足どりもおのずと軽くなる。しっかり店を調べておいた甲斐《かい》があった。

目当ての店は、ほんの数ブロック先だった。戸口が開け放たれ、肉の焼ける香ばしい匂いと店内のざわめきがもれてきている。

「ふたり、入れます?」

瑠奈が店員に声をかけた。大学では、こういうときは男子が率先して仕切るべきだと決めこんでいる女子も見かけるが、瑠奈は迷わず自ら動く。性格に加え、頼りにならない優三郎と出歩く機会が多いせいもあるかもしれない。

隅っこにひとつだけ、ふたりがけのテーブル席が空いていた。単なる偶然にすぎないけれど、なんだか恭四郎たちのためにとっておきの特等席が準備されていたかのようで、気分が浮き立つ。

「ご注文は?」

店員がきびきびと近づいてきて、たずねた。

「生ビールを」

くすりと笑われたのは、ふたりの声があまりにも完璧にそろっていたからだろう。たったそれだけのことでも恭四郎の胸ははずむ。彼の目には、恭四郎たちがお似合いの恋人どうしに見えているかもしれない。

ジョッキを打ちつけて乾杯すると、瑠奈が言った。

「優三郎、どうしてるかな?」

「家でごろごろしてるんじゃないかな」

「そうなの? ひまなんだったら、来ればよかったのに」

「一応誘ったんだけど、断られた。明日は仕事だし、休みたいんじゃない？」

恭四郎は言葉を選んで答えた。

うそはついていない。ライブに行くと報告したついでに、「もしかして優ちゃんも行きたい？」と聞いてはみた。チケットは二枚しかなくて、三人で行くなら追加でもう一枚買う必要があることも、さりげなく言い添えた。「僕はいいや、ふたりで行ってきなよ」と優三郎はすんなり辞退してくれた。

優三郎は最近また元気がない。例の上司とうまくいっていないのだろうか。真っ赤なスポーツカーも、あれ以来見かけていない。恭四郎としては、なるべく仲よくしていてもらいたい。優三郎に恋人ができれば、瑠奈がなにかと世話を焼いてやることもなくなるはずだ。もちろん、優三郎にも幸せになってほしい。

しこたま食べ、たらふく飲んで、ほろ酔いで店を出た。ふたりで駅までの道をゆっくりとたどる。

「おいしかったね」

瑠奈が上機嫌で言う。白い腕が薄闇に浮かびあがっている。

「いいお店だった。また行きたいね」

「うん、行こう行こう」

手を握りたい衝動をこらえ、恭四郎は答えた。別れがたいけれど、今日はまっすぐ瑠奈を家まで送り届けるつもりだ。気長にいこうと決めている。今さらあせってもしかたない。想いを伝えるのは、ふたりで会う時間を増やして、そういう雰囲気になってからでいい。

「ああ、おなかいっぱい。幸せ」

言葉どおり、さも幸せそうに瑠奈がつぶやいた。恭四郎も幸せだった。腹も心も満ち足りて、ふわふわと体が軽かった。

瑠奈がよけいなひとことをつけ加えるまでは。

「今度、優三郎も連れてってあげようよ」

急に、足が重くなった。

「なんで?」

「なんか弱ってるみたいだから。がつんと肉でも食べれば、ちょっとは持ち直すでしょ」

先を歩く瑠奈との間に、距離が開いていく。しなやかな背中に向かって、恭四郎は声を張った。

「過保護だね」

とげとげしい口ぶりになってしまったが、瑠奈は気づかなかったようだ。振り向きもしないで、「そう?」ととぼけた声を出す。

「意味ないよ。どうせ優ちゃんはいつも弱ってるんだから」

瑠奈がようやく振り向いた。

「厳しいね」

ふざけた口調とはうらはらに、戸惑ったようにまばたきしている。

「瑠奈ちゃんが甘すぎるんだよ。放っときゃいいのに。ガキじゃないんだから、自分でなんとかするって」

恭四郎がなおも言うと、瑠奈は完全に立ちどまった。

「どうかしたの？　もしかして、兄弟喧嘩とか？」

「別にそういうんじゃないよ。前から思ってた。優ちゃんは瑠奈ちゃんに甘えすぎ。瑠奈ちゃんは甘やかしすぎ」

やめたほうがいいと頭ではわかっているのに、恭四郎の口は勝手に動く。

「なにそれ？　恭四郎、なんかおかしいよ？」

おかしくない、と叫び出しそうになった。今日の恭四郎がいつもと違って見えるのだとしたら、これまでがずっとおかしかったのだ。気持ちを偽《いつわ》り、おさえつけていた。

「喧嘩じゃないんだったら、なんなの？　話したいなら聞くよ」

瑠奈がいくらか声を和らげた。

「なんでもない」

「じゃあ、なんでそんなにぴりぴりしてるわけ？」

気長に、あせらず、と何度となく自分に言い聞かせていたのも忘れて、恭四郎は憤然と答えた。

「瑠奈ちゃんのことが、好きだから」

＊

おんぼろの軽自動車に乗りこんで、朔太郎は家を出た。

就職して研究室を卒業した先輩から、安く譲り受けた車だ。家と同じく細かい不具合は絶えないものの、まだ動く。動きさえすれば朔太郎に不満はない。エアコンが故障しているので窓を全開にして、田畑に挟まれた一本道をひた走る。カーオーディオもこわれている。びゅうびゅうと吹き抜ける乾いた風の音がＢＧＭがわりだ。道沿いに広がる田んぼで、黄色く染まった稲穂が揺れている。

研究室のデスクにつくなり、はす向かいの席から声をかけられた。

「東さん、来月のフィールドワークってどうします？」

高く積みあがった本やファイルの山の向こうから顔の上半分だけをのぞかせているのは、今年度から研究室に加わった学部生だ。シダ植物で卒論を書きたいそうで、「好きなシダはホウライシダです」と初日に自己紹介し、ホーラと名付けてかわいがっているという鉢植えの写真を自慢げに披露《ひろう》した。ちなみに苗字はもちろんイシダです、ホーラ・イシダです。以来、本人も「イシダ」と皆に呼ばれている。

「行くつもりだけど」

研究室の有志で野山に植物の採集に出かけるのは、朔太郎がイシダと同じ学部生だった時分から続く伝統だ。何人かが交代で車を出して、郊外の山や森に繰り出す。研究室に入った直後に先輩からこのフィールドワークに誘われ、団体行動が苦手な朔太郎は尻ごみしたが、いざ参加してみたら、各人が好き勝手に歩き回るだけの気ままなものだった。植物を研究する人間には、そういう性分の者が多いようだ。

ゆえに、出欠のとりまとめを任されている下級生は苦労する。

「ちゃんと返信して下さいよ。人数がわからないと、車の段取りができないんで」

イシダがぼやく。何年か前から、研究室内の連絡事項はSNSのグループ機能とやらを通じて全員に周知されている。朔太郎はそちらの方面にはさっぱり疎《うと》く、アプリのダウンロードだのIDの登録だの、初期設定はまるごと後輩に任せた。

かばんの底を探り、スマホをひっぱり出す。持ち歩いてはいるものの、たまにしか確認しない。受信通知の並んだ画面をイシダが横からのぞきこみ、「うわあ」と悲鳴を上げた。

「めっちゃたまってるじゃないですか。研究室のはともかく、友達にはちゃんと返信したほうがいいっすよ。きらわれますよ」

「いや、これは弟」

朔太郎が訂正すると、イシダは目を見開いた。

「東さん、弟さんがいるんですか？」

三人いると補足してもよかったけれど、もっと驚かれそうなので胸の内にとどめておく。

「なんか、意外です」

「そう?」

「だって東さんて、家族の気配みたいなのがないし。天涯孤独、みたいな?」

朔太郎の心情としては、あたらずといえども遠からずというところだ。とはいえ、素直なイシダにそんなことを言っても困惑させるだけだろうから、事実をのべる。

「親もぴんぴんしてるけど」

「いや、生きてるとか死んでるとか、そういう意味じゃなくて。親の存在が想像できないっつうか」

変なこと言ってすみません、とイシダは一応謝りながらも、しきりに首をかしげている。

「でも、やっぱ意外っす。弟さんがいることもだけど、そうやってつながってるっていうのもまた」

それはおれもだ、と朔太郎は思う。つながっているというよりは、優三郎が一方的に連絡をよこすのだが。

盆休みに帰省したとき、連絡先を交換しようと言われた。家を出て駅へ向かう途中だった。優三郎もコンビニに行くとかで、ついてきたのだ。

「なんで?」

頭に浮かんだ疑問を、朔太郎はそのまま口にした。「だめ?」と悲しそうに聞き返されて、面食らった。

「いや、だめってことはないけど」

拒絶するつもりはなかった。なぜ連絡先を交換する必要があるのか、判然としなかっただけだ。

研究室で入れてもらったアプリが、思わぬところで役に立った。優三郎にスマホを渡して登録を任せた。

「アイコンの、緑のはなに？　葉っぱ？」

手際よく入力をすませると、優三郎はたずねた。

「苔だよ」

「ああ、お兄ちゃんは苔を研究してるんだもんね」

一連の設定をやってくれた後輩が、東さんっていえば苔でしょう、と勝手にその写真を選んだのだ。

「お兄ちゃん、職場のひとたちと仲いいんだ？」

「別に、よくはないよ」

「なんか、意外だな」

そういや、あのときも「意外」と言われたんだったな、と朔太郎は思い出す。みんな、おれのことをなんだと思ってるんだ。

「ちゃんと弟さんにも返事してあげて下さいよ」

しかつめらしく言い置いてイシダが自席にひきあげていくのをみはからい、スマホをかばんに戻した。顰蹙《ひんしゅく》を買いそうなので言わないが、朔太郎は弟のメッセージに毎回返信しているわけではない。より厳密には、しないときのほうが多い。忙しいだろうし気を遣わないでね、と当人にも言われた。返事を要するような用件でもない。こんな本を読んだとか、おもしろい映画を観たとか、なにを食べたとか、どうということのない近況報告ばかりだ。

「ところで東さん、フィールドワークで車出してもらってもいいですか？」

「いいよ。エアコンはこわれてるけど」

先月イシダを乗せたら、暑い暑いと文句たらたらで閉口した。シダ植物は熱帯地域に多く生息しているから、暑さに弱いのは研究者として致命的だと教えてやると、てきめんにおとなしくなった。

「ちなみに、修理する予定とかって」

「ない」

「ですよね」

イシダが肩を落とす。

「来月なら、涼しくなってますかね？　まだきついかな？」

「さあ」

朔太郎はパソコンに向き直った。

週末は雨だった。父と真次郎は仕事へ、恭四郎はバイトへ、ぶつくさ言いながら出かけていったが、優三郎と母は二日とも家にいた。

日曜日の昼は、母のゆでてくれたうどんを一緒に食べ、皿洗いは優三郎がやった。土日の昼食はふたりで簡単にすませることが多く、この役割分担がならいになっている。流しに向かうと、カウンター越しにリビングを見渡せる。母はソファでテレビを見ている。優三郎の位置から画面は見えず、アナウンサーの明瞭な声だけが聞こえる。

食器を洗い終え、ふたり分のほうじ茶を淹れて、優三郎も母の隣に座った。

「お茶、入ったよ」

「ありがと」

母はテレビから目を離さずに答えた。ニュース番組で台風の被害が報じられている。たたきつけるような雨の中、アナウンサーの合羽《かっぱ》が暴風にあおられて激しくはためいている。

「これ、どこらへん?」

「四国だって」

西日本は秋雨前線の影響も受け、雨も風も関東の比ではないようだ。水びたしの道路、すさまじいしぶきを上げて走る車、防波堤で砕け散る荒波、次々に切り替わる画面の上端に、警報の発令を知らせるテロップがずらずらと流れていく。各地で河川が氾濫するおそれがあるほか、沿岸部で高潮、山間では土砂くずれも警戒されているという。

「大変だね」

優三郎が言ったのと、

「大丈夫かなあ」

と母が気遣わしげにつぶやいたのが、ほぼ同時だった。

そこでようやく、なぜ母がいつになく真剣にニュースを注視しているのか、優三郎にも合点がいった。母が中学を卒業するまで暮らしていた養護施設は四国にある。

飲みかけの湯呑を置き、テレビに向き直った。大変だね、なんて他人《ひと》ごとのように言ってしまったのが、今さらながら恥ずかしかった。聞き慣れない名前の町で、体育館に避難した住民が心細げに取材に応じている。あわてて逃げてきたのか、部屋着のような格好だ。

「ああ、気の毒に。しかも、お年寄りばっかり」

母がますます顔を曇らせる。

「早くおさまるといいね」

優三郎は遠慮がちに言ってみた。母がうなずき、優三郎の腕にふれた。

「無理しないでね」

「無理って？」

「このニュース。がまんして一緒に見なくていいんだよ」

母が言い直した。

「こういうの、優三郎は苦手でしょう?」

こういうの、は確かに得意じゃない。

自然災害に限らない。凄惨《せいさん》な事故やら残虐な事件やら異国の戦争やら、この世界がいかに危険や暴力や不条理に満ち満ちているかを、報道番組は生々しく突きつけてくる。子どもの頃には、大地震にも通り魔にも外国から飛んでくるミサイルにも、優三郎はいちいちおびえていた。食事がのどを通らなくなったり、なかなか寝つけなかったりもした。おぞましいニュースの数々に、おとなの両親が動じないのはともかく、真次郎や恭四郎もけろりとして受け流しているのが信じられなかった。

とはいえ、成長するにつれ、根拠もない悲観に振り回されないだけの分別はついている。

「大丈夫だよ。もう子どもじゃないし」

悲惨な事故や事件を見聞きすれば心は痛む。ただ、やみくもになにもかもがおそろしくてたまらない、ということはもうない。

しかし母はリモコンを操作して、テレビを切った。

「とりあえず、このくらいでやめとこうかな」

アナウンサーの声がやむと、雨の音がひときわ大きく聞こえる。

「いいの?」

「ここでテレビを見てても、なにができるわけでもないしね。後で電話してみる」

母はほうじ茶をすすり、優三郎の顔を見た。

「せっかくのお休みなんだから、優三郎ものんびりしてよ。疲れてるでしょ」

優三郎はひやりとした。なにかと敏《さと》い母のことだから、不調を見抜かれてしまっているのだろうか。

半月ほど前から、職場の空気がおかしい。

盆休みが明けて数日後に、異変は起きた。誰も優三郎と目を合わせてくれないのだ。挨拶すればかたちばかり応えてもらえるものの、その先が続かない。

気のせいかとも思った。思ったというより、思いたかったのかもしれない。だが皆が皆、優三郎以外の相手とはふだんどおり和やかに言葉をかわしている。前日の晩になにかあったらしいと察せられたのは、朝礼のときだった。何人もの社員が土屋に向かって、昨日はごちそうさまでした、とくちぐちに礼を言うのが聞こえてきたのだ。

その日から、優三郎は業務連絡以外は誰ともまともに喋っていない。自ら話しかける勇気も、機会もない。更衣室でも手洗いでも、優三郎が入っていくと、誰もがかかわりあいたくないと言わんばかりにそそくさと離れていってしまう。もともと親しく会話するわけではなかったけれど、明らかに避けられている。

土屋もまた、優三郎と目を合わせようとしない。といっても、他の同僚たちのように、気まずげに顔をそむけるわけではない。こっちを向いていても、視線が優三郎を素通りして、焦点を結ばない。自分の体が透明になったかのようで、いたたまれない。もちろん、車で送ると持ちかけられることは一切なくなり、業務外の連絡もぱったりととだえている。一件落着だねと瑠奈は喜んでいたが、この状況をはたしてそう呼べるのだろうか。

土屋以外の同僚たちまでよそよそしくなってしまったというのは、瑠奈に打ち明けそびれている。責任を感じさせたら悪いし、うじうじと悩んでいる自分が情けなくもある。仕事仲間は遊び友達ではない。そもそも、飲み会の誘いがかからなくても、雑談の輪に入れなくても、業務にさしつかえはしない。そもそも、今までそういう交流をどちらかといえば敬遠してきたのだ。完全に無視されたりいやがらせをされたりするのは困るけれど、今のところそんなわけでもない。周囲が静かすぎるだけで、それにしたって、うるさすぎるよりはいい。

頭では、そうわかっている。それでも、やっぱりくたびれる。

「そんなに疲れて見える？」

優三郎は母におずおずと聞いてみた。

「仕事、大変なの？」

質問に質問で返されてしまい、口ごもる。

「うん、まあ。でも贅沢《ぜいたく》は言えないよね」

母がけげんそうに首をかしげた。

「どういうこと？」

「さっきの避難所じゃないけどさ。世間には、もっと大変な目に遭ってるひとたちがいっぱいいるのに」

厳しい境遇にもくじけず、苦しい立場に甘んじず、果敢に生きていこうとしている人々が世の中にはいくらでもいる。それにひきかえ、自分はなんてちっぽけな悩みで汲々《きゅうきゅう》としていることだろう。報道番組を見て胸が詰まるのは、人間としての度量の狭さを、否応なく思い知らされるせいもあるのかもしれない。

「誰がどれだけ大変かなんて、比べられるもんじゃないでしょ」

母はあっさりと言う。

「そうかな?」

「比べられないっていうか、比べても意味がなくない? だってみんな、自分の人生を自分で生きてくしかないんだもの」

言葉を探すようにいったん口をつぐみ、静かにつけ足した。

「それに、大変さって、結局はひとりひとりの主観じゃない? 他人にははかり知れないよ」

遠くを見るみたいに、目を細めている。大変だった過去に、想いをはせているのだろうか。

母は子ども時代の話をほとんどしない。養護施設の職員とは今も連絡をとりあっているし、いやな思い出ばかりでもなさそうだが、お喋りな母が積極的に話そうとしないからには、優三郎たち息子からも聞きづらい。

母はいったいどんな困難をくぐり抜けてきたのだろう。他人と比べても無意味だというのは、その末にたどり着いた境地なのかもしれない。

窓の外では雨音が続いている。暗くなったテレビの画面に、母と息子がぼんやりと映りこんでいる。

★
／
★

真次郎が星月夜に足を運ぶのは、わりとひさしぶりだった。

飛び石連休の狭間にあたる平日で、そう混まないだろうと高《たか》を括《くく》っていたら、予想外ににぎわっている。カウンターの隅の一席だけが運よく空いていた。

会食の帰りにここで恭四郎とばったり出くわしたのは、確か夏のはじめだった。あれから顔を出しそびれているうちに、すっかり季節が変わってしまった。酔いのせいか、途中で居眠りしたせいか、ところどころ記憶は抜け落ちているものの、楽しかった印象が残っている。

それで今夜も恭四郎を誘ってみたのだが、すげなく断られた。おごってやるつもりだったのに愛想がない。

夕食どきに家にいたのは、兄弟ふたりだけだった。優三郎は暦どおりに出勤し、父は知人に会うと言って出かけている。母も留守だ。数日前から四国にいる。半月前の集中豪雨で、かつて世話になった養護施設が被災したため、手伝いに行っているのだ。

子育てが一段落して以来、母はちょくちょく施設に足を運んでいる。子どもの相手がうまいので歓迎されるらしい。といっても、せいぜい一泊か二泊で、こんなに長く滞在するのは今回がはじめてだ。連休と有給休暇をつなげて十日間の休みを捻出《ねんしゅつ》したという。先月大きな仕事が終わったところで、ちょうどよかったと言っていた。こんなにうまく都合がつくなんて、これは行くしかないってことよね、と。

機会を逃さず行動を起こす、というのは占いの世界にも通じる発想である。運勢には波がある。その波を乗りこなすにはどうすべきか、占い師は客に進言する。

真次郎の目から見ても、母は波に乗るのがうまい。間がいいというか、引きが強いというか、一度こうと決めると、とんとん拍子に事が進む。本人は「タイミング」とか「野生の勘」とか言っている。持ち前の行動力と物怖《ものお》じしない性格も、一役買っているのかもしれない。母の出生にまつわる記録が手に入らず、ホロスコープを描けないのが惜しい。なかなか個性的な星回りではないかという気がする。

一杯飲み終えて勘定を頼もうとしたら、折悪しくボックス席の団体客がどやどやとひきあげていくところだった。

「真ちゃん、いらっしゃい」

手の空いた瑠奈に明るく声をかけられて、真次郎はスツールに座り直した。

おかわりを注文したとき、また新しい客が入ってきた。肩越しになにげなく振り向いて、声がもれた。

「あ」

轟木不動産の現社長、すなわち轟木会長の長男だった。「ジュニア」と真次郎と父は呼んでいる。豊かな黒髪が明るいところでは黒々としすぎてやや不自然なほどで、あれはかつらだと同年輩の父は断言するけれど、この暗さだと浮いていない。

「あ」

向こうもうっすらと口を開けた。いやな奴に出くわしてしまったと言いたげに顔をゆがめながらも、つかつかと中へ入ってくる。いやな奴と同じ店で飲むのは気に食わないものの、そのせいで河岸《かし》を変えるのはもっと気に食わないのだろう。

よくわかる。真次郎も同じだ。

会長を筆頭に轟木一族の四世代が暮らす大豪邸は、隣町にある。東家とは小中学校とも同じ校区で、朔太郎とジュニアの息子が同じクラスになったこともあるらしい。それぞれの職場もまた近く、たまにこうして鉢あわせしてしまう。

ジュニアは東泉堂に対して、なみなみならぬ敵意を燃やしている。その燃料は、長年かけて積もりに積もった嫉妬だろう。東泉堂の創立以前から、父は轟木会長にかわいがられていた。実の息子にしてみれば、自分をさしおいてどこの馬の骨とも知れない若造が目をかけられているのはおもしろくなかったはずだ。やがて父が占い師として轟木会長を支えるようになると、不快感と疎外感はいや増したに違いない。ふたりを結びつけ、強固な信頼関係を築く礎《いしずえ》ともなった占いというものを、忌《い》みきらうのも無理はない。

以前にも、真次郎と父が別の店で飲んでいるときにからまれた。

「占いなんて、しょせんインチキだろうよ?」

真次郎は頭にきたが、父はなに食わぬ顔で答えた。

「信じない方には、そう見えるかもしれません」

占いを信じるかどうかは個人の自由だと父は常日頃から公言している。信じたくない者に無理やり信じさせることはできない。その必要もない。東泉堂のお客様は、あくまで轟木会長であって、ジュニアではない。

父が挑発に乗ってこないのが気に入らなかったようで、ジュニアは舌打ちした。

「なんでもいいけど、うちの親父をそそのかすのはやめてくれよな」

「そそのかすなんて、めっそうもない」

父はすまして切り返した。

「買いかぶりですよ。わたしにそんな力はありません。ご本人にも聞いてみればいい。百年早い、って笑われます」

ジュニアがふてくされたように押し黙った。ご本人に面と向かって物申せないからこそ、矛《ほこ》先《さき》がこちらへ向くのだろう。それを承知でとぼけてみせる父も、ちょっと意地が悪い。

真次郎の席から一番遠い、カウンターの反対側の端に、ジュニアはどっかりと腰を下ろした。

「水割り、ちょうだい」

太い声で注文する。声質も抑揚も、轟木会長とそっくりだ。

声ばかりでなく容貌にも、親子で相通じるところがある。太く濃い眉も、彫りの深い目もとも、厚めの唇も、かたちは似ている。ただし一見しただけではわかりづらく、真次郎も父に言われるまで気づかなかった。福笑いと同じ原理で、目鼻の配置がわずかにずれるだけで驚くほど雰囲気が異なる。父親は目も鼻も口も、顔の中心にぎゅっと集まっているのに対し、息子のほうはそうでもなく、どことなく間延びした感じがする。もっとも、それは真次郎が轟木会長の顔を見慣れているせいかもしれない。美醜でいえば、ジュニアのほうが均整はとれていて万人受けしそうだ。

なによりも、目を合わせたときの印象が違う。造形ではなく、目つきである。轟木会長の双《そう》眸《ぼう》から光線のごとく放たれる異様なまでの輝きが、息子には受け継がれていない。

考えてみれば、ジュニアは生まれてこのかた、あの強烈な視線に絶えずさらされているわけだ。家庭でも、成長してからは職場でも。真次郎たちに因縁をつけてくるのは勘弁してほしいけれど、そうでもしないとやりきれないような鬱屈を抱えているのだとしたら、同情の余地もあるかもしれない。

月子ママが名札のぶらさがったウイスキーの瓶を棚から下ろし、手早く氷の準備にとりかかった。轟木家と東家の軋轢《あつれき》は知っているはずだが、眉ひとつ動かさない。真次郎も見習うことにして、平静を装ってハイボールをする。

一杯だけ飲んでくると言い残して出かけていった真次郎は、一向に帰ってこない。じりじりしながら待っているせいか、時間が経つのがばかに遅い。一緒に行こうと誘われて断ったことは棚に上げ、使えないなあ、と恭四郎は胸の中で毒づく。瑠奈の様子をさりげなく聞き出したいのに。

勢いに任せて想いを伝えてしまって以来、瑠奈とは一度も会っていない。星月夜からは足が遠のいているし、瑠奈のほうも、うちにもクレープ屋にも現れない。恭四郎ほどではないにしても、顔を合わせるのが気詰まりなのかもしれない。

恭四郎としたことが、一時の衝動にかられてしくじった。もっと注意深く、もっと周到に、距離を縮めていくつもりだったのに。

あの夜、瑠奈は思いがけない言葉を口にした。

「あたしも好きだよ、恭四郎のこと」

恭四郎は耳を疑った。にっこりと微笑みかけられて、全身がかあっと熱くなった。いつか月子ママ秘蔵のウイスキーを飲ませてもらったときにのどがじんとしびれた、あれが体中に広がったみたいだった。

後から考えれば、よけいなことを言わずにすんでよかったのかもしれない。瑠奈は笑顔のまで言い放った。

「だって、ほとんど弟みたいなものだもん」

これまた後から考えれば、ここでもよけいなことを言うべきではなかった。でも、言わずにはいられなかった。

「違う」

悲鳴じみた声が出た。

「そういうのじゃない」

「じゃあ、どういうの？」

言い返した瑠奈の口もとには、まだうっすらと笑みが残っていた。それが消えてしまう前に、恭四郎は腹を括った。

「本気なんだ、おれ」

瑠奈が目をまるくした。勝算がないのは明らかだったが、それでも恭四郎は食いさがった。

「瑠奈ちゃんとつきあいたい。もちろん、今すぐじゃなくていい。けど、今日みたいにふたりで会ったりとかして、だんだん……」

最後のほうは、尻すぼみにとぎれた。

「兄ちゃん、がんばれ」

通りすがりの酔っぱらいに冷やかされ、黙れとどなり返したいのをかろうじてこらえた。言われなくてもがんばっている。これ以上ないくらいに。

瑠奈は目をふせたきり、黙りこんでいた。恭四郎ははっとした。

「もしかして、もう誰かとつきあってたりする？」

うかつだった。優三郎とつきあっていないからといって、相手がいないとは限らない。

「ううん」

瑠奈は即答した。顔を上げて、恭四郎の目をまっすぐに見た。

「つきあってはいない。でも、好きなひとがいる」

あの日の会話を、恭四郎は何度でも思い返す。数えきれないほど反芻《はんすう》しているので、互いの言葉も瑠奈の表情も路上の風景も、脳内ですみやかに再生される。

つきあってはいない、好きなひと。

なんだよ、それ？　ある意味、普通に「つきあっているひと」より手強くないか？　片想いなんて柄じゃないだろ、と——お前が言うなと周りには失笑されそうだが——恨めしくさえ思う。

あきらめろと理性は告げている。勝ち目のない戦いには手を出さないのが賢明だ。なにもなかったことにして、これまでの関係に戻ればいい。家族ぐるみの交流は今後も続く。瑠奈が誰かに話すとも思えない。そっとしておけば、時間がすべてを解決してくれる。

現に、あれからひと月近くが経って、恭四郎も平常心を取り戻している。前向きに考えられなくもない。瑠奈は恭四郎のことを好きだと言った。弟みたいなものだ、と。別れればそれっきり縁が切れてしまう恋人より、弟のほうがきずなは深いんじゃないか。それに、先のことはわからない。瑠奈がそいつにふられるかもしれないし、気持ちが冷めるかもしれない。そうしたら、恭四郎に目が向くかもしれない。正直な気持ちを伝えておいてよかったと考え直す日が来るかもしれない。

といっても、恭四郎があの場で質問したのは、そう順序だてて考えたからではなかった。順序だてるもなにも、なにかを考えるような余裕はなかった。

ただ、知りたかった。

「好きなひとって、誰?」

瑠奈がさっと顔をこわばらせた。

「おれも知ってるひと?」

瑠奈は目をそらした。答えないことが、答えになっていた。

★

優三郎からのメッセージは、ゆうべ遅くに送られてきていた。今回は母のことが書いてあった。長めの休みをとって、大雨で被災した養護施設の手伝いに行っているという。そういえば、この間電話がかかってきたときに、当人もそんな話をしていた。

母はたまに「生存確認」と称して朔太郎に電話をよこす。毎度、ほぼ同じやりとりが繰り返される。「変わりない?」と問われて、「別に」と答える。母が家族の近況をひとくさり話し、朔太郎は黙って聞く。というか聞き流す。盆や正月の前なら、帰省はしないのかとたずねられる。母の「なにかあったら連絡してね」というひとことが、通話を終える合図となる。今のところ「なにかあった」ことも、こちらから母に連絡したこともない。

画面を切り替えようとして、受信時刻が目にとまった。午前二時過ぎだ。いつにも増して遅い。

実家で暮らしていた頃のことを、ふっと思い出す。

高校三年生の朔太郎は、大学受験に向けて猛勉強していた。九州の国立大を第一志望に定めた理由はふたつあった。ひとつめは、朔太郎のめざす理学部が、特に植物学の分野で国内有数の名門とされていること。もうひとつは、合格すれば実家から遠く離れられること。離れたら、二度と戻るつもりはなかった。

努力すれば結果が必ずついてくると能天気に信じこめるほど、朔太郎は楽天家ではない。むしろ、世の中は不条理や不公平だらけだとかねがね思っている。が、こと受験勉強に限っては、本気でがんばれば報われる気がした。少なくとも、報われる可能性は着実に上がる。中学受験のときに死にもの狂いで合格を勝ちとった経験が、そう信じさせてくれた。

高校最後の夏休みにも、気をゆるめなかった。塾の夏期講習以外は、朝から晩まで自室にこもってひたすら勉強した。

あの夜もそうだった。

小腹がへって時計を見たら、とうに日付が変わっていた。足音をしのばせて自室を出た。深夜の家は静まり返っていた。階下の台所で買い置きのカップ麺を物色し、好物の焼きそばを選んで湯を沸かした。

階段を上って二階の廊下に足を踏み出したとき、奥の暗がりで白っぽいものが揺らめいた。危うく焼きそばの容器を取り落としかけた。

「お兄ちゃん」

優三郎だった。

「どうした？」

朔太郎がたずねると、かぼそい声で訴えた。

「眠れない」

口ぶりは弱々しいものの、寝ぼけているふうでもない。朔太郎が立てた物音を聞きつけ、廊下に出て待っていたようだった。

子ども部屋へ追い返すという手もあった。我の強い真次郎ならともかく、聞きわけのいい優三郎ならおとなしくひきさがるだろう。しかし、暗い廊下に立ち尽くすパジャマ姿の弟と向きあっていたら、なんだか不憫《ふびん》になってきた。

優三郎が寝つけない原因には、朔太郎にも心あたりがあった。夏休み前に、優三郎が通学路で不審者に声をかけられたという話を母から聞いていた。幸い危害は加えられず、犯人はその場で捕まったらしい。優三郎はかわいらしい顔だちをしているので目をつけられたのかもしれない。幼い頃はたびたび女の子に間違えられていた。

本人も早く忘れたいだろうから、この話題にはふれないようにと母は念を押した。同じ小学校に通う真次郎にも、見知らぬおとなには注意しなさいとあらためて言い聞かせただけで、詳しいいきさつはあえて伝えていないらしかった。あまり騒いでも、かえって優三郎を傷つけてしまうかもしれない。母に言われるまでもなく、朔太郎は沈黙を守っていた。もとより、弟たちと親しく話をするような兄ではない。かわいそうだが、朔太郎にできることもない。

朔太郎は優三郎を部屋に入れてやった。

ベッドに座らせ、自分は机の前に戻った。話しかけてやろうにも、十歳も下の弟と、しかも深夜にふたりきりで過ごすにあたって、どんな話題がふさわしいのか見当がつかなかった。優三郎のほうも無言で、両足をぶらぶらさせてもの珍しげに本棚を見上げている。裸足《はだし》だった。パジャマの裾《すそ》からのぞく足首がびっくりするほど細い。

しかたなく、朔太郎はきわめて現実的な質問を口にした。

「とりあえず、食っていいか」

優三郎がこっくりとうなずいた。

容器のふたを開けたとたん、甘辛い匂いが部屋中に広がった。ひとくちすする。こってりしたソース味が、空腹にしみわたった。

視線を感じて顔を上げると、こっちを見つめている優三郎と目が合った。口が半開きになっている。今度は考えこまずとも、かけるべき言葉が見つかった。

「食うか?」

優三郎は身を乗り出しつつも、もじもじしている。

「だけど、もう歯磨きしちゃったし」

朔太郎は苦笑した。朔太郎自身も、母から同じようにしつけられた。東家では、就寝前に歯を磨いた後はなにも食べてはいけないという掟《おきて》がある。母はおおらかというか大雑把《おおざっぱ》というか、細かいことを気にしないたちのわりに、ごく基本的な生活習慣についてはけっこううるさい。挨拶、手洗いうがい、箸の持ちかたなど、幼い頃は何度も注意されたものだ。

「また磨けばいいよ」

すばらしい秘策を伝授されたとばかりに、ただでさえ大きな目をいっそう見開いた弟に、朔太郎は食べさしの容器と箸を渡した。優三郎は両手でうやうやしく受けとった。麺を一本つまみ、うっとりとつぶやく。

「おいしい」

「好きなだけ食っていいよ」

「ほんと?」

優三郎が目を輝かせた。最初はためらいがちに、だんだんと本格的に食べはじめる。その旺盛な食べっぷりを眺めていたら、朔太郎もいよいよ腹がへってきた。

この勢いでは、焼きそばはほとんど残らなそうだ。朔太郎はもう一度台所へ下りてラーメンを作った。部屋に戻ると、優三郎はベッドの上で猫のようにまるくなり、すやすやと気持ちよさそうな寝息を立てていた。

★/★

ジュニアが来てから小一時間ほどで、カウンターにいた他の客は相次いで帰っていった。

退散するにはきりのいい頃合だったが、真次郎は腰を上げなかった。逃げたと思われるのは癪《しやく》にさわる。

間に誰もいなくなると、ジュニアはカウンターに片肘《かたひじ》をかけ、こちらに顔を向けた。

「親父さんは元気?」

目の周りが腫れぼったく赤らんでいる。わりと酔いが回っているのかもしれない。真次郎は慎重に答えた。

「はい、おかげさまで」

「そりゃ、なにより。まあ、殺しても死ななそうだもんな」

のっけから険悪だ。ここで喧嘩を買っては負けなので、つとめて穏便にやり過ごす。

「轟木会長もお元気ですか?」

「元気、元気」

ジュニアはつまらなそうに言う。確かに、元気でないところは見たためしがない。

「そうはいっても八十過ぎだしな、そろそろゆっくりしてほしいんだけど。本人はまだまだ現役のつもりだから」

グラスの水割りをあおり、思わせぶりな目つきで真次郎を見やる。

「そのへんも、お宅には相談してるんだろうな」

探るように言われて、真次郎は首をかしげた。

「さあ」

「なんだよ、他人ごとみたいに。あれか、守秘義務ってやつか？　最近うるさいよな、なんだかんだ」

もちろん守秘義務もあるが、それ以前に、父が轟木会長のためにどんなことを占っているのか真次郎は知らない。

「僕は存じあげません。父の担当なので」

「おいおい、なんにも知らないってことはないだろ？　話くらいは聞くよな？　一緒に働いてるんだし」

「いいえ、まったく」

轟木会長とは知らない仲でもないし、ちょっとは教えてくれてもいいのに、と真次郎自身が思っているくらいである。見習い時代、父が轟木を占う場に同席させてもらったのが唯一の例外だった。

当時も今も、東泉堂に持ちこまれるのは、公私でいえば私的な問題が大半を占めている。仕事がらみでも、職場の人間関係の悩みとか、転職すべきか否かとか、いわば個人の身の振りかたにまつわることが多く、事業そのものの行く末を占ってほしいというような客はめったにいない。

その点、轟木の鑑定はいっぷう趣が違っていた。

占いの鑑定というより、企業の経営会議めいた風情があった。その日の議題は、轟木不動産の所有するオフィスビルの運営についてだった。社内で検討を重ね、最終的に二案が残っているという。轟木はそれぞれの概要を手短に説明して、意見がほしいと父に頼んだ。

各案を選んだ場合に起こりうることを、父は占った。双方、長短が入り乱れていた。轟木は目を閉じ、小刻みにうなずきつつ耳を傾けていた。結局、どちらを選ぶべきかを父は明言せず、轟木のほうからも求めなかった。それでも最後には、ありがとう、参考になった、と満足げに帰っていった。

父によれば、いつもこんな調子らしかった。ひとつの課題ごとに、二、三の具体的な選択肢が持ちこまれる。無数にある案の中からしぼりこまれた最終候補だから、甲乙つけがたい。少なくとも、どれかが圧倒的に優れていたり劣っていたりはしない。もし明確な差があるのなら、とっくに結論が出ているはずなのだ。判断が難しいからこそ、できる限り多様な観点から評価しなくてはならない。そこで、売上やら費用やら利益率やらの指標と並び、占いの結果も判断材料として考慮される。

「じゃあ、あんたはなんにも知らないってこと?」

ジュニアはなおも疑わしげに、じろじろと真次郎の顔をねめつけている。真次郎はいらいらして繰り返した。

「知りません」

ふうん、とジュニアが腕組みした。どういうわけか、考えこむような表情になっていた。

「ま、うちも同じじっちゃ同じか。大事な商談ってなると、必ず親父が出張《でば》ってくるもんな。もうちょい信用してくれたっていいのに。結局、おれはお呼びじゃないんだ」

しんみりした口ぶりに真次郎が戸惑っていると、ジュニアがぱちんと手を打った。

「よし。ここはひとつ、蚊帳《かや》の外どうしで仲よくするか」

席を立ち、いそいそと真次郎の隣へやってくる。思わぬなりゆきにあっけにとられて、真次郎は断ることも立ちあがることもできなかった。

「ま、飲もうや。ここで会ったのもなにかの縁だ」

カウンターの内側で見守っていた月子ママが、ジュニアのボトルとグラスをこっちへ運んできた。

「あんたも苦労するよな。わかるよ。ああいう強烈な親父がいると、息子のほうも大変だ。まして や、一緒に働くってなったら」

さっきまでの剣呑《けんのん》な物腰とはうってかわって、ジュニアは陽気に言う。

「ママ、グラスをもうひとつ出してよ。あんたはどうする？　水割り？　ロック？」

「じゃあ、ロックで」

勢いにのまれ、真次郎は反射的に答えた。渡されたグラスを半ばやけっぱちな気分でかかげて、ジュニアと乾杯する。

★ ★ ★

今週末はほぼずっと、優三郎は家にひとりきりだった。母はまだ四国から帰ってこないし、父も兄弟もそれぞれに忙しく、優三郎にかまっているひまはなさそうだ。瑠奈からも連絡がとだえている。おととい星月夜に飲みにいった真次郎によれば、店は満員御礼だったらしいので、きっと忙しいのだろう。

ここのところ、休みの日はたいがい寝て過ごしている。なにもやる気が起きない。タロットも、二回連続で塔のカードをひいてしまって以来こわくなって、押し入れにしまいこんだきりになっている。漫画を読んだりスマホゲームをやったりSNSを流し読みしたり、頭を使わない時間つぶしで一日が終わる。

日曜の晩、ひとりで軽く夕食をすませた後も、優三郎は自室に戻ってふとんに寝転んだ。スマホを手にとり、今朝がた送られてきた朔太郎のメッセージを開く。

長兄とのやりとりは、冴えない日々の中で貴重な楽しみだ。一種の現実逃避かもしれない。ここから逃げ出したい、どこか遠くへ行きたい、とかないそうにない望みを抱えた優三郎にとって、文字どおり遠くで暮らす朔太郎との交信はささやかな慰めになっている。とはいえ、立て続けに何通も送りつけたり、くどくどと長文を書きすぎたりしないように用心はしている。忙しそうな朔太郎の負担になりたくないし、うっとうしがられでもしたら悲しい。返信も必要ないと本人にも伝えてある。実際、たまにしか返事はない。

その分、メッセージが届くとやけにうれしい。「そうか」とか「なるほど」とか「いいね」とか、そっけない数文字きりだとしても。

ところが今回はどういう風の吹き回しか、いつになく長かった。弟がいると研究室の後輩に話したら驚かれた、というような内容だった。兄弟で似ているのかと興味しんしんだったらしい。寡黙《かもく》な朔太郎だけに、ふだんは職場で私的な話はしないのだろう。

優三郎はただちに返事を打った。

〈あんまり似てないよね？　なんなら一回顔出そうか、九州にも行ってみたいし〉

半日前に送った文面を読み直し、反省する。前のめりすぎたかもしれない。自分とも関係のある話題で、ちょっと浮かれていた。

これでも一応おさえたつもりだった。実は、とうっかり続きを打ちかけたのも消去した。なぜ九州に行きたいかといえば、職場の人間関係をこじらせてしまって気分転換をしたいから だ、などと馬鹿正直に打ち明けるわけにはいかない。よけいな心配はかけたくない。それとも朔太郎なら、あわてず騒がず、鷹揚《おうよう》に受けとめてくれるだろうか。昔、深夜に優三郎を部屋に入れてくれたときみたいに。

ぼんやり考えにふけっていると、いきなり襖が開いた。

「優ちゃん、ちょっといい？」

恭四郎は例によってずかずかと部屋に入ってきて、ふとんの脇にあぐらをかいた。優三郎が体を起こすのも待たず、せわしなく切り出す。

「ここ最近、瑠奈ちゃんと会ったりしてる？」

「いや」

「連絡は？　とってる？」

「ううん、あんまり。店が忙しいんじゃないかな」

瑠奈の近況を知りたいらしい。しかし、なぜ本人に直接聞かないのだろう。

先月、ふたりで出かけると言っていたが、そのときに喧嘩でもしたのか。珍しいこともあるものだ。瑠奈は恭四郎を実の弟さながらにかわいがり、恭四郎は恭四郎で瑠奈になついている。ふざけて憎まれ口をたたいたり、じゃれあうように言い争ったりはしても、喧嘩と呼べるような喧嘩にはならない。

「じゃあいいや。あと、もうひとつ聞いときたいことがあって」

恭四郎は意味ありげに言葉を切り、おもむろに続けた。

「あの上司とは、結局どうなってんの？」

脈絡なく話題が変わって、優三郎はぽかんとした。

「ほら、例の。赤い車の」

土屋の顔が脳裏に浮かんだとたん、のどをしめあげられたように息が苦しくなった。咳ばらいして、答える。

「別に、どうもなってないよ」

何事もないととられると語弊があるが、恭四郎の考えているような事態には、間違いなくなっていない。

「でも、向こうは優ちゃんに気があるんでしょ？　車で送って、めしまでおごってくれるんだよね？」

恭四郎はなぜだか勢いこんで、たたみかけてくる。

「そういうことはもうないよ」

永久に、と優三郎は心の中でつけ加えた。

「ない？　なんで？」

いやにしつこい。面倒になってきて、正直に言った。

「きらわれてるから」

「へ？　なんで？」

「わからない」

「わかんないってことないでしょ。なんかきらわれるようなことでもしたわけ？」

迷った末に、優三郎は一部始終を打ち明けることにした。ごまかそうにも、よっぽどうまく言い抜けない限り、恭四郎は納得しないだろう。ありのまま白状するのが一番てっとり早い。

恭四郎はいつになく神妙に聞いてくれた。話が進むにつれて表情がこわばっていく。優三郎のために憤慨しているのか、あるいは同情しているのだろうか。兄として面目が立たない気もするけれど、今さら見栄を張ってもしかたないし、胸の内を吐き出したら多少すっきりもした。ひとづきあいのうまい恭四郎のことだから、役立つ助言をくれるかもしれない。

話を聞き終えた恭四郎は、眉間にしわを寄せて口を開いた。

「つまり、また瑠奈ちゃんに恋人役をさせたってこと？　前みたいに」

棘《とげ》のある声にたじろぎつつも、優三郎はうなずいた。

「まあ、そういうことになるかも」

「それ、ひどくない？」

苦々しげに言われて、ますます混乱した。

「ひどいって、なにが？」

「瑠奈ちゃんがかわいそうだよ」

「でも、もともと瑠奈が考えてくれたことだし」

どちらかといえば、瑠奈のほうが乗り気だったくらいだ。手間をかけて悪かったとは思うが、優三郎が無理やり押しつけたわけではなく、本人が自ら進んで演じてくれた。

「ほんとになんにもわかってないね、優ちゃんは」

恭四郎は吐き捨てるように言った。

「瑠奈ちゃんがどういう気持ちか、考えたことある？　自分の問題は、自分でなんとかしなよ。いつもいつも頼ってばっかで、恥ずかしくないの？」

だしぬけに立ちあがり、険《けわ》しい目で優三郎を見下ろす。

「男でしょ？　弱すぎじゃない？」

優三郎が言い返すまもなく、恭四郎は足音荒く和室を出ていった。

その晩は寝つけなかった。なぜ恭四郎が激怒していたのか、瑠奈の気持ちを考えろとはどういう意味か、わからないことだらけだった。

瑠奈からなにか聞かされたのだろうか。恭四郎はその言い分に共感して、瑠奈のために代弁しようとしたのか。でも、もし瑠奈が優三郎に思うところがあるとしても、本人をさしおいて恭四郎にこぼすとは考えづらい。言いたいことがあれば、真正面からぶつけてくるはずだ。わかっていないと恭四郎は一方的に決めつけたが、優三郎なりに瑠奈を理解している自負はある。やっぱり、恭四郎がなにか勘違いしているんだろう。

冷たい軽蔑《けいべつ》のまなざしが、目の前にちらつく。たとえ勘違いだとしても、心が重く沈む。

優三郎は「いつもいつも」瑠奈に頼ってばかりだ、と恭四郎は糾弾していた。あの口ぶりからして、以前から不満に思っていたのかもしれない。そうとは知らず、べらべらと喋ってしまったのが悔やまれる。話すんじゃなかった。器用で世渡り上手な恭四郎に、優三郎の苦悩はわかりっこない。さんざん勝手なことばっかり言い立てて、なんにもわかっていないのは恭四郎のほうじゃないか。

自分のことは、自分がよく知っている。弱すぎるとわざわざ言われなくたって、とっくに知っている。

ろくに眠れないまま、夜が明けてしまった。

なけなしの力をかき集めて身支度をすませ、一階に下りた。父も兄弟たちもまだ起きてきていない。頭痛薬だけ飲んで玄関を出る。秋晴れの空がばかに明るく、目がしょぼしょぼする。

ガレージから自転車をひっぱり出し、サドルにまたがろうとしたとき、かすかな振動に気づいた。右手で自転車を支えて、空いている左手でポケットのスマホを探りあてる。

朔太郎からの返信は、相変わらず短かった。

〈いつでもどうぞ〉

七文字のひらがなを優三郎は凝視した。しばし宙をあおぎ、それから、自転車を押してガレージのほうへ引き返した。

★/★

週明けの朝、いつもの時間に、真次郎は父と連れだって家を出た。

「今日はわりと余裕があったっけな?」

歩きながら、父がたずねた。

「午後に轟木会長の予約が入ってるんだ。真次郎も挨拶できるか?」

「わかった」

轟木ジュニアと星月夜で飲んだことは、父にも話した。

黙っときなよ、とジュニアは訳知り顔で言っていた。親父さんは気を悪くするかもよ。どうでしょうね、とその場では流したものの、心配は無用だと真次郎には確信があった。父は気にしない。もしも父がジュニアの息子とふたりきりで酒を酌《く》みかわしたなら、ジュニアは気を悪くするかもしれないけれども。

ジュニアが父をきらうほどには、父はジュニアを敵視していない。意識していない、ともいえる。その気配がそこはかとなく伝わってしまうせいで、さらに目の敵《かたき》にされているふしもなきにしもあらずだ。

真次郎の読みはあたった。父はおもしろがり、どんな話をしたか聞きたがった。自慢話と説教が半々だったと答えたら、そりゃ災難だったな、と労《ねぎら》われた。

真次郎も最初は辟易《へきえき》したが、一対一で話してみれば、ジュニアはそこまでいやな奴ではなかった。少々思いこみが激しく、居丈高《いたけだか》な物言いも鼻につくけれど、悪人ではない。自分が世界の中心だと言わんばかりの図々しい態度も、一定以上の社会的地位についている中高年男性にはありがちな傾向で、いちいち目くじらを立てるまでもない。東泉堂の客にも何人かいる。

長らく心証がよくなかったのは、轟木会長の影響もあるのだろう。会食中など、たまさか家族の話題になると、うちの倅《せがれ》は視野が狭いだの打たれ弱いだのと毎度嘆《なげ》いてみせる。謙遜《けんそん》しているふうでもなく、心の底から無念そうなので、返事に困る。だが本人と話してみれば、仕事にも会社にも、彼なりの誇りと愛情を持っているようだった。おそらく息子が無能なわけではなく、父親が並はずれて有能すぎるのだ。自身を基準にすると、どうしても点が辛《から》くなる。

ジュニアが真次郎に心を開いた一因も、まさしくそのあたりにありそうだった。お互い大変だな、と一度ならず嘆息され、しまいにはなれなれしく肩まで抱かれた。お前は苦労が足りないって親父はばかにするけど、そんなことないっての。あんたのせいで苦労させられてるってこと、なんでわかんないかね。

偉大すぎる父親のもとで窮屈《きゅうくつ》な想いを味わっている不肖《ふしょう》の息子として仲間扱いされるのは、いささか複雑な気分ではあった。東家の親子仲は、轟木家のそれに比べてはるかに良好だ。父がよそで真次郎のことをこきおろしているとは思えない。思いたくもない。実力の差を感じてめげるときもあるが、いじけずにせいいっぱい精進するまでだ。といって、肩に回された腕をむげに振りほどくのもはばかられた。ジュニアの屈託《くったく》は真次郎にも理解できなくはない。年齢からしても、立場からしても、真次郎とは比べものにならないほどの重圧を背負ってきたのだろう。

このへんの詳細は、父には伝えていない。その後、ジュニアがやおら居ずまいを正して、妙にかしこまった調子で切り出したことも。

「あんたを見こんで、頼みがある」

ほんの一瞬だけ、占ってくれと請《こ》われるのかと思った。真次郎ができることといったら、それくらいしか考えつかなかった。むろん、占いぎらいのジュニアがそんなことを頼むはずはない。荒唐無稽《こうとうむけい》な発想がわいたのは、動揺のせいだろう。

ジュニアは勢いよく頭を下げてみせたのだった。常日頃から、よくいえば意気揚々《いきようよう》と胸を張り、悪くいえばえらそうにそっくり返っている、あのジュニアが。

「親父に、早く引退したほうがいいって言ってやってくれないか」

真次郎はぎょっとした。

「無理です」

あらゆる意味で、不可能だ。何度も伝えているとおり、真次郎は轟木を担当していない。万が一占う機会がめぐってきたとしても、鑑定結果を故意にゆがめるなんて許されない。

た。

「おいおい、即答だな」

ジュニアが苦笑いした。断られると予想はついていたようだ。真次郎も少し気が軽くなっ
「すみません。お力になれなくて」

「やっぱだめ？　どうしても？」

ジュニアは未練がましく言い募《つの》る。

「もちろん、それなりの礼はするから。約束する。男に二言はない」

「そういう問題じゃありません」

親父をそそのかすなとつねづね憤《いきどお》っているくせに、今度はそそのかせと節操なく頼んでくるなんて、男に二言がありまくりだ。

占いなんぞ信じるものかとむきになって言い張る輩《やから》に限って、かえって占い師の力を過大評価していることは少なくない。客を意のままに操れるというような、おかしな先入観にとらわれているらしい。歴史上、時の権力者が占い師や祈禱《きとう》師を抱えていたという例には事欠かないし、主君の絶大な信頼を笠《かさ》に着て暴挙を重ね、国を傾けたとされる者たちも中には存在する。ジュニアの頭にも、そんな偏見がこびりついているのかもしれない。

とんでもない。一流の占い師こそ、客を依存させない。占いの目的は、誰かを支配することではなく、よりよい人生を歩んでもらうことである。薬と同じだ。弱っているときには効くが、快復すれば飲まなくてもよくなる。

「親父のために頼んでるんだぜ、おれは」

ジュニアはばつが悪そうに弁解していた。

「会社経営ってのは、しろうとが想像するよりずっと激務なんだよ。年寄りの体にはきつすぎる。わざわざ好きこのんで寿命を縮めてるようなもんだって」

「それなら、ご本人を直接説得して下さい」

真次郎が言い返すと、ジュニアは拗《す》ねた子どものように口をとがらせた。

「だって、おれの言うことは聞かないんだもの」

轟木会長に言うことを聞かせられないのは、真次郎だって同じである。

では、信頼の厚い父ならば聞かせられるかというと、それもあやしい。商売柄、大きな声では言いづらいけれど、占いとて万能ではない。百発百中と豪語する占い師は、逆にうさんくさい。轟木ほどの人物が、父を信用しているからといって、占いの結果をなんでもかんでも鵜呑《うの》みにはしないだろう。信じることと妄信することは違う。

結局、ジュニアはまだあきらめきれないようだった。気が変わったら教えてくれ、と別れ際に名刺を渡してきた。頼みが頼みなので、父にも相談しにくい。

考えに気をとられているうちに、東泉堂のビルに着いた。入口を抜け、奥のエレベーターに向かう。

そこで、背後から声がかかった。

「東さん」

真次郎はとっさに振り向いた。

歩道の端に、女性が立っていた。四十歳前後だろうか。すらりとした長身で髪が長く、紺色のトレンチコートと膝丈のスカートを身につけている。主婦とも勤め人ともつかないいでたちだ。東泉堂の客だろうか。うっすらと見覚えがあるような気もするが、もし真次郎が担当した相手なら、もっとはっきり記憶に残っているはずだった。イベントかなにかで軽く言葉をかわした程度かもしれない。

あらためて女の顔に目を戻して、はっとした。彼女のまなざしは、真次郎に向けられているわけではなかった。まばたきもせずに見つめているのは、もうひとりの「東さん」、すなわち父である。

その父も、目を見開いて棒立ちになっている。めったなことでは動じない父が、驚きを露骨に顔に出すのは珍しい。真次郎まで不安になってくる。

「どうも」

しかし父の発した声は、思いのほか落ち着いていた。

どうやら気を取り直したようだ。珍客の正体はさておき、真次郎の肩からもやや力が抜けた。

「すみません、何度も」

女が言った。父は答えるかわりに、真次郎を見やった。

「悪いけど、先に上がっててくれるか」

夕飯の後、自室にひきあげようとした恭四郎は、真次郎に呼びとめられた。

「ちょっといいか」

いいとも悪いとも答えないうちに、真次郎はさっさと食卓の椅子をひいた。やむなく恭四郎も向かいに腰を下ろす。

今晩は、優三郎を除いた男三人での夕食だった。恭四郎が帰ってきたら、先に帰宅した父と真次郎がカレーを用意してくれていた。

「父さんのことなんだけど」

真次郎がひそひそと言った。父はすでに寝室にひっこんでいる。

「気づかなかったか？　ちょっと様子が変だっただろ？」

言われてみれば、口数が少なかったかもしれない。カレーの日は、会話は二の次でがつがつと食べてしまいがちなので、気にならなかった。それに、恭四郎は食事中ずっと別のことで頭がいっぱいだった。

真次郎の隣、はす向かいの席には、カレー用の深皿とスプーンがぽつんと置いてある。優三郎の分だ。帰りは何時頃になりそうかと真次郎が連絡してみたらしいが、返事はないという。まだ仕事中なのだろうか。早く帰ってきてほしい。

ゆうべのことを謝りたい。言いすぎた。どうして言いすぎてしまったのかもわかっていて、だからよけいに反省している。

瑠奈が想いを寄せている相手は誰なのか、ぐるぐると思案をめぐらせるうちに、恭四郎は気づいてしまったのだった。

もちろん、優三郎に違いなかった。他に考えられない。幼なじみのことを、瑠奈は一途に想い続けている。長年そばにいる恭四郎はもう見慣れているけれど、冷静になってみれば、あの仲のよさは尋常じゃない。ただの友達だと本人たちは否定するが、友達があそこまで親身になって世話を焼くだろうか。恭四郎としたことが、まんまとだまされてしまった。しかも、これで二度目だ。男女の機微には決して疎くないはずなのに、恋は盲目とはよく言ったものである。

もっとも、当の優三郎には、だましたつもりはないのだろう。健気な女心を、鈍感な優三郎はちっとも察していない。瑠奈のためには気持ちが通じるように願いたいところだが、それでふたりが相思相愛になろうものなら、こっちの片想いはまた一段と成就から遠ざかる。どうしようもない矛盾に、恭四郎は頭を抱えてしまう。

いずれにせよ、優三郎に罪はない。あんなふうにやつあたりするなんて、みっともなかった。嫉妬に振り回される男ほど見苦しいものはない。男のくせに、と時代錯誤な悪態をついてしまったのも恥ずかしい。巷《ちまた》で女性の権利やら尊厳やらが叫ばれるようになるずっと前から、男は男らしく女は女らしく、という旧弊な価値観を瑠奈は憎んでいた。その薫陶《くんとう》を受けた恭四郎にとって、こういう失言はめっぽう落ちこむ。自己嫌悪で悶々《もんもん》として、昨晩はよく眠れなかった。そうでなくても気がめいっているのに、睡眠不足でいよいよ元気が出ない。

が、優三郎以上に鈍《にぶ》い真次郎は、弟の不調なんておかまいなしだ。

「実は今朝、東泉堂の前でさ」

テーブル越しに身を乗り出して、話しはじめる。なんでも、謎の女が父を待ちぶせしていたらしい。

「どう思う?」

「お客さんなんじゃないの? 豊泉先生の熱狂的なファンとか」

父を熱烈に慕う女性客がいるのは恭四郎も知っている。それも、ひとりではなく何人も。彼女たちからの贈りものを、父が家に持ち帰ってくるのだ。差し入れの菓子や果物、中元に歳暮、誕生日やクリスマスのプレゼントから大量のバレンタインチョコレートまで、家族みんなの胃袋におさまる。甘いものは母と優三郎が、酒のつまみは真次郎と恭四郎が、牛肉と蟹《かに》は全員が喜ぶ。

嫉妬深い妻ならば神経をとがらせかねないが、母は微塵《みじん》も気にするそぶりはない。それどころか楽しみにしている。だからこそ父も、よその女から寄せられた好意の証ともいえる品々を、心置きなく家族と分かちあえるのだろう。恭四郎は幼い頃、占い師というのは客からじゃんじゃんプレゼントをもらえる職業なのだと思いこんでいた。真次郎が父のもとで働き出してようやく、誤解が正された。

「いや、お客じゃないって父さんは言うんだ。知りあいだって」

真次郎はさも深刻そうに眉根を寄せている。

「じゃあ、知りあいなんじゃないの？」

「どういう知りあいだよ？」

「知らないよ、おれに聞かれても。本人に聞けば？」

「聞きづらいよ」

真次郎がふるふると首を振った。

「なあ、恭四郎から探りを入れてみてくれよ。さりげなく。そういうの得意だろ？」

「やだよ、なんでおれが。目撃者は真ちゃんでしょ」

「目撃っていっても、一瞬だし。おれが見たことは、これで全部話したから」

まだるっこしくなってきて、「つまり」と恭四郎はさえぎった。

「真ちゃんは、お父さんとそのひとがあやしいんじゃないかって疑ってるわけ？」

言ったそばから、確かにあやしいよな、と胸の中で自答した。母がこんなに長く家を空けるのは、恭四郎が物心ついて以来はじめてだ。よりにもよってその留守中をみはからったかのように見知らぬ女が現れるなんて、無関係とは考えづらい。

「疑ってるとか、そういうんじゃないけど」

疑っていないのではなく、疑いたくないのだろう。尊敬してやまない父が、尊敬できないような行為をしているのではないかということを。

真次郎は、なんというか、父のことを好きすぎる。恭四郎だって父が好きだけれど、真次郎の場合は、惚《ほ》れこんでいるといっても過言ではない。親として、男として、また占いの師匠としても、多大な信頼を寄せている。

「おれらが口出しすることじゃなくない？　詳しい事情もわからないのに、外野があんまり騒ぐのもどうかと思うよ」

恭四郎がたしなめると、真次郎は口をへの字に曲げた。

「外野じゃないだろ。家族だぞ」

「家族だって、外野だよ」

家族といえども、プライバシーは必要だ。親しき仲にも礼儀あり、互いに踏みこむべきではない領域がある。恋愛はその筆頭だろう。

優三郎と瑠奈のことだって、そうなのだった。あのふたりがどういう関係を築くかは、ふたりの問題だ。恭四郎にとやかく口出しはできない。

優三郎の顔が浮かんだ拍子に、妙案がひらめいた。

「そんなに気になるんだったら、占ってみれば？　ほら、タロットとかで」

真次郎が狼狽《ろうばい》するのもわからなくはないが、ここは自力で解決してもらいたい。恭四郎は恭四郎で、片づけなければならない難題を抱えているのだから。

タロットカードを取りに、真次郎は自室まで走った。なぜ思いつかなかったのか、われながら不思議だ。自分で思う以上に度を失っているのかもしれない。

タロットには一時期凝っていた。占うほうではなく、集めるほうだ。有名な画家の絵が使われていたり、人物が漫画のキャラクターに置き換えられていたり、地域限定のデザインだったり、さまざまな種類が出回っている。美術品として蒐集《しゅうしゅう》している熱心なコレクターも存在するらしい。

ただし、占術として好むかと問われれば、そうともいえない。

西洋占星術では、出生の時刻と場所という確固とした事実に基づいてホロスコープを描く。どう読み解くかは個人の裁量によるとはいえ、揺るぎない出発点があるのは心強い。理論を学び知識を深めるほどに、予測の精度も上がる。努力と経験をこつこつ積みあげ、占い師としての成長を実感できる。

もちろん、タロット占いでも努力や経験は欠かせない。七十八枚ものカードそれぞれの意味あいを頭にたたきこんだ上で、相手の状況にあてはめて解説しなければならない。しかしそれ以前に、なにより肝腎なのは、正しいカードをひきあてることである。絵柄にこめられた意味にどれだけ精通していても、すばらしい解釈を考えついたとしても、選んだカード自体が間違っていたらなんの意味もない。

カードを並べたり選んだりするのに、理屈も知識も関係ない。直感がものを言う。勉強してどうにかなるというものではない。自然に、心のおもむくままに、インスピレーションに従って、などと本にはそれらしい講釈が書いてあるが、真次郎にはどうもつかみきれない。客から別段苦情を寄せられたこともないので、大きくはずれてはいないのだろうけれど、なんだかすっきりしない。事前に準備しておけるホロスコープと違って、客の目の前でカードをひき、その場で即座に解釈を語らなければならず、瞬発力も問われる。ながながと考えこんだり、口ごもったりしてはいけない。

タロットに限らず、占った結果を伝えるときは、とにもかくにも堂々と断言するのが鉄則である。迷いやためらいが伝わると相手を不安にさせる。表情や態度といった表面的なところにとどまらない。自分の見立ては絶対に正しい、と自らも強く信じなければならない。その点では野球とも通じる面がある。必ずや打ってみせるという意気で、選手はバッターボックスに立つ。はずしたらどうしようと気弱になってはいけない。打てると腹の底から信じるしかない。

真次郎がリビングに戻ると、恭四郎はソファにだらんと寝そべっていた。家族の一大事かもしれないのに、緊張感に欠けることこの上ない。

もっとも、タロットで占うという提案自体は、的確だった。西洋占星術は、人間の生まれ持った運命や中長期的な運勢を俯瞰《ふかん》して占える。一方でタロットは、直近かつ具体的な問題の答えを探るのに向き、従って今回の件にも適している。恭四郎は占いに興味もないくせに、なんでわかったんだろう。それこそ直感か。

「占うぞ」

大儀そうに体を起こした恭四郎を待つのももどかしく、真次郎は食卓の上にカードを広げた。女性にまつわる問題なので、かわいらしい猫柄のものを選んでみた。魔術師も女帝も、悪魔も死神も、そろって猫の姿に変身している。インスピレーションとやらはやはりわいてこないが、ねらいを定めて一枚を表に返す。

現れた絵柄に、目を疑った。

天使の羽をつけた巨大な猫が、空でラッパを吹いている。その下にいくつも箱が並び、猫たちがてんでに顔をのぞかせて、音色に聞き入るかのように天をあおいでいる。

「なにこれ？　かわいいね」

恭四郎はのんきに言う。猫なのでそう感じられるだけで、本来ならこのカードにそんな形容詞はそぐわない。猫たちのもぐりこんでいる四角い箱は、実は棺桶《かんおけ》を示している。天使のラッパを合図に、葬られた死人——ここでは猫だが——が続々とよみがえってくる様子が描いてあるのだ。

審判、と呼ばれるカードだった。聖書に登場する、最後の審判の逸話が題材となっているらしい。世界の終末に、死者たちが神によって裁かれる。天国に召された人々は永遠の命を与えられ、地獄に堕《お》とされた人々は業火に焼かれるという、極端きわまりない二択である。キリスト教とタロットはつながりが深く、この他にも聖書にちなんだ絵柄がいくつもある。

「最後の審判？　世紀末みたいな感じだっけ？」

恭四郎は首をかしげている。

「どういう意味？　世界が滅亡しそうってこと？」

「いや」

審判のカードは、終末の後にひかえる新たなはじまりを暗示するとされる。鑑定の場では、復活、再生、解放、といった言葉をよく使う。永遠の眠りについたはずの死者が息を吹き返すかのように、終わったとみなされていた過去の出来事が再び動き出し、新しい局面がひらける。

「じゃあ、そのひとは昔お父さんとなんかあったんだ？」

恭四郎にずばりと言われて、真次郎はしぶしぶうなずいた。かつてなんらかの縁があり、一度は関係が断たれたもののまた復活した——カードの意味を素直に受けとめるなら、そうなる。

「ふうん。で、よりを戻そうとしてるとか？」

さすが恭四郎、この手の話に関しては鋭い。客から恋愛がらみの相談を持ちかけられてこれが出たら、真次郎も十中八九、復縁の兆《きざ》しがあると伝えるだろう。

「これ、母さんにも話したほうがいいよな」

考えただけで気が重い。かといって、黙っているわけにもいかない。

「えっ？　言いつけるの？」

恭四郎が眉を上げる。人聞きが悪い。

「告げ口じゃなくて、報告だよ。知る権利があるだろ。妻なんだから」

「そうかなあ？　知る義務はなくない？」

生意気に突っかかってくるのは、子どもの頃から変わらない。年齢差を考えても、もう少し兄に対して敬意をはらってもらいたい。

「とりあえず、お父さんに確認するのが先じゃない？　どっちみち、お母さんもまだ帰ってこないし。こういう話は顔見てしたほうがいいよ」

「まあ、そうか」

「だいたい、このカードがあたってるとも限らないしね」

しごく失礼なことを、しごく平然と言ってのける。お前の占いはあてにならないと腐されたようでかちんときたものの、真次郎は言い返さなかった。こと今回に限っては、むしろはずれてくれたほうがありがたい。

「やっぱ、まずは事実確認でしょ。お父さんのことだから、変に隠したりうそついたりはしないと思うよ」

恭四郎は勝手に結論づけると、いきなり話を変えた。

「それよか、優ちゃんから連絡あった？」

唐突にもうひとりの弟の名を出され、真次郎は虚をつかれた。だが言われてみれば、優三郎にも話しておいたほうがいいかもしれない。この緊急事態は、兄弟で団結して乗り越えるべきだろう。

「帰ってきたら話すよ」

「いや、このこととは関係なく。ちょっと遅すぎない？」

時計を見たら、いつのまにか九時を回っていた。ふだんよりは遅めだけれど、子どもでもあるまいし、そんなに心配するほどでもないだろう。

「まだ仕事が終わってないのかもな」

夕方に送ったメッセージを確認してみた。相変わらず未読のまま放置されている。どこかに寄り道しているのだろうか。でも、まっすぐ帰宅しないのなら、律儀に連絡をよこすのが優三郎である。恭四郎とは違う。

やはり仕事中なのだろう。真次郎は少し考え、今日はカレーだよ、と追加の一文を送っておいた。優三郎も、父の作る具だくさんのカレーは好物だ。

★

朔太郎が送った短いメッセージに、優三郎は負けずに簡潔な返信をよこした。

〈今から行ってもいい？〉

今回ばかりは早く返事したほうがよさそうなので、そうした。

〈いいよ〉

拒む理由もない。いつでも、と書いたのは朔太郎だし、単なる社交辞令でもなかった。いやならきっぱり断る。たとえば真次郎あたりだと、観光に連れ出したり食事をともにしたり、相応のもてなしを期待されかねないが、優三郎はうるさいことを言わないだろう。

それにしても、ずいぶん急だ。平日は仕事があるはずだけれど、休みがとれたのだろうか。優三郎が勤めているのは大企業らしいから、そのへんはしっかりしているのかもしれない。朔太郎の研究室では、各人が休めるときに休むことになっている。といっても、朔太郎も含め、研究に没頭するあまり休みは二の次になりがちな者も多い。学会の前など、休むどころか寝食まで後回しになっている。

ほどなく、優三郎はまた連絡をよこした。午後早くに東京を発つ飛行機に乗るという。空港から市街まで、リムジンバスに乗るように伝えた。到着は夕方になるだろう。早めに仕事を切りあげて、バス停で拾ってやればいい。

研究室のデスクでやりとりしていたら、イシダに見とがめられた。

「東さんがスマホ握りしめてるなんて、何事ですか」

いつもながら大仰な物言いだ。弟が訪ねてくるらしいと朔太郎が答えると、イシダは目をみはった。

「仲がいいんですねえ」

意外です、とまたしても繰り返している。

「どっか案内したげるんすか？　あんまなんもないですけどね、このへんは」

めぼしい見どころもないこの町に、優三郎がなにを目的にはるばるやってくるのか、朔太郎にもよくわからない。飛行機の予約すらしていなかったようだし、前もって計画を立てていたわけでもなさそうだ。ひっこみ思案で内向的な優三郎に、思いたったその日に旅に出るような行動力があるなんて、それこそ意外だった。

それとも、ひょっとして、行き先はどこでもよかったのだろうか。どこか遠くの見知らぬ土地に、行ってみたかっただけなのかもしれない。日常を飛び出して、というか放り出して、ただただ遠くへ。

そんな衝動にかられたことが、朔太郎にもかつてあった。

いつだったか、研究室の飲み会の席で、人生をどこかの時点からやり直せるなら何歳に戻りたいかという話になった。当時、そういう設定のドラマだか漫画だかが流行していたのだ。

三十歳だな、と教授は言った。在任中だったアメリカの大学にとどまるか、日本に戻るか、決断を迫られたという。

「あの環境がどんなに恵まれてたか、わかってなかったんだよなあ。研究費はたんまりもらえたし、給料もよかったし」

三十歳ですね、と准教授も言った。

「あのとき結婚さえしなきゃ、あんな地獄もなかった。悔やんでも悔やみきれません」

大学三年、とポストドクターの先輩は言った。だいぶ酔っぱらっていた。

「そんで、普通におとなしく就職する。間違っても、ずるずる博士課程なんかに残らない」

「東くんは？」

教授に話を振られて、朔太郎は首をかしげた。

「どうでしょう。おれは、特に」

「これまでの人生で、一度も後悔したことがないってこと？」

「ま、東らしいっちゃらしいかも」

周りの面々にはあきれ顔で評されたが、そうではなかった。些末《さまつ》な失敗なら、朔太郎にもいくつもある。ただ、教授たちのぼやくような、ここ一番の局面で選択を誤ったという経験は思いあたらなかった。その都度、納得いくまでとことん考え、最善だと思われる道を歩んできた。過去を振り返らない性分でもある。

あのときに戻りたいとは、だから思ったためしがない。ただし反対に、あのときにだけは絶対に戻りたくないという時期であれば、即答できる。

小学校の、とりわけ後半の三年間は、朔太郎の人生で最悪の日々だった。今後もあれ以上に──あれ以下というべきか──鬱々《うつうつ》とした毎日を過ごすことはないだろう。あったら困る。

入学当初から、小学校は好きになれなかった。クラス全員で足並みをそろえて同じことをやらなければならない毎日は、苦行以外の何物でもなかった。騒々しい教室になじめず、気の合う友達もできなかった。

はじめて轟木と同じクラスになったのは、四年生のときだった。

朔太郎は彼の名前も顔も知らなかったけれど、向こうは違った。新年度の初日に朔太郎をつかまえて、傲然《ごうぜん》と名乗った。

「おれ、轟木」

厄介《やっかい》そうなのが来たな、とげんなりした。声も体も態度もむやみにでかい、朔太郎としてはなるべく近づきたくない種類の男子だ。

轟木がどんなに厄介かは、この後いやというほど思い知らされることになる。

「お前、東だよな?」

黙っている朔太郎に、轟木は幾分いらだった様子でたたみかけた。

「東豊泉の息子だろ?」

朔太郎はますます戸惑った。「轟木」ばかりでなく「豊泉」という名にもなじみはない。

一拍おいて、父が仕事で使っている名だと思いいたった。うなずくと、轟木はにんまりして言い放った。

「じゃあ、お前もインチキだ」

インチキ、というのも固有名詞かと一瞬思った。

「うちの父ちゃんがいつも言ってる。占いは全部インチキだって」

轟木は鼻で笑ってつけ加えた。ぐいと顎《あご》を上げ、罪人を告発するかのように朔太郎を指さした。

「だからお前は、インチキ占い師の、インチキ息子だ」

取り巻きの仲間たちも、轟木にならった。インチキ占い師、インチキ息子、と珍妙なふしをつけて囃《はや》したてられて、朔太郎はなすすべもなく立ち尽くした。

☆

優三郎を待つうちに、恭四郎はリビングのソファで眠ってしまっていた。

深夜になっても帰ってこない上に、連絡もつかず、だんだん心配になってきた。もしや例の上司となにかあったのだろうか。よもや暴力をふるわれるようなことはないと思うけれど、なにが起きるかわからない世の中である。精神的に追いこまれ、身動きがとれなくなっている可能性もなくはない。こんなことなら、もっと身を入れて話を聞いてやればよかった。それとも、ただ家に帰ってきたくないだけか。おれがあんな暴言を吐いたから？　こっちからの連絡も、わざと無視しているとか？

支離滅裂な妄想まで浮かんできたのは、極限まで達した眠気のせいもあったのかもしれない。目が覚めたら、朝だった。ソファの上で体を起こし、食卓のほうを見やると、真次郎と父が朝食をとっていた。

「お、起きたか」

部屋中にカレーの匂いがたちこめている。軽くあたためたロールパンに、前夜に余ったルウを挟んだ東家特製カレーパンは、家族の間でカレーライスに負けない人気を誇る。

「おはよう」

恭四郎はソファに座り直し、スマホを確かめた。優三郎からちゃんと返信が届いていて、まずはほっとする。

さっそく読んでみて驚いた。ゆうべから朔太郎の家にいるらしい。おとといの晩には、そんな話は一切出なかった。真次郎もなにも聞いていないようだったし、前もって予定していたわけではなく、急に決めたのか。だが、並はずれて出不精の優三郎が、適当な思いつきで旅に出るとも思えない。それも、九州くんだりまで。

「優ちゃんがお兄ちゃんとこに行ってるって」

なにがなんだかわからないまま真次郎に声をかけると、

「ああ、そうらしいな」

と思いきり顔をしかめられた。

「なんなんだよ、いきなり。この大変なときに、勝手なことして」

恭四郎はそれとなく父の背中をうかがった。「大変なとき」の意味あいを知ってか知らずか、口を挟むでもなく黙々と食べている。

真次郎は深く考えすぎだ。

父が女性に放っておかれないのは、動かしようのない事実である。熱心に迫られ、ほだされてしまうことも、ありえないとは言いきれないかもしれない。でも、父が母以外の女性に本気になることは、ありえない。仮に、その女との間になにかあったにせよ、一時の気の迷いにすぎないだろう。関係というほどのこともなく、一方的につきまとわれているだけかもしれない。どちらにしても、騒ぎたてるような話ではない。ほかでもない母が、あわてなさんな、と笑い飛ばしそうだ。

息子の目から見ても、両親は強いきずなで結ばれている。柄でもないと笑われそうなので口には出さないけれども、ひとりの人間に運命の相手はひとりだけだと恭四郎は思う。要するに、父にとっての母であり、恭四郎にとっての瑠奈だ。だから心配ないと真次郎を諭《さと》してやればよかったのだが、ゆうべはその元気がなかった。

恭四郎もカレーパンを作って食卓についた。入れ違いに、父がのっそりと立ちあがる。

「ごちそうさま」

うつむいた横顔は、どことなくくたびれているように見えなくもない。無理もない。どんな関係なのかはさておき、仕事場の前で女が待ちぶせしていたなんて、厄介事の臭いがぷんぷんする。

「洗いもの、置いといていいよ。おれがまとめてやっとく」

恭四郎は父に向かって言った。真次郎は知らないだろうけれど、女がらみのいざこざは、えてして消耗するものなのだ。

★

こちらに着いたときには見るからに憔悴《しょうすい》しきっていた優三郎は、日に日に生気を取り戻してきた。

　朔太郎が留守にしている日中も、ひとりでのんびり過ごしているようだ。朔太郎の古い自転車で近所をうろついたり、食材を買ってきて夕飯をこしらえてくれたりもする。料理をしない朔太郎は使っていなかったが、調理器具は先代の住人のものがひととおりある。それらも含めて家財道具の大半が、朔太郎さえ面識のない故人の遺品だということは、刺激が強すぎるといけないので話していない。

　物理的にも、また精神的にも、長らく家族と離れて暮らしている朔太郎にとって、短い間ながら弟とひとつ屋根の下で生活するなんて気疲れしないかと当初は案じないでもなかった。しかし今のところ、優三郎に家事をやってもらえる分、むしろ快適に過ごせている。兄をわずらわさないように、本人が心がけてくれてもいるのだろう。朔太郎のほうも一応ふだんより早めに帰宅している。

　しばらく泊めてほしいと初日に頼まれたとき、いつまでなのかと朔太郎はあえて聞かなかった。まだ決めていないから、あいまいな言いかたになったのだろう。答えのない問いをぶつけても詮《せん》がない。その後も優三郎はなにも言わず、朔太郎も静観を続けている。どうして突然ここに来たのか、仕事はどうなっているのか、気にならないわけではないけれど、本人が話そうとしないのに無理やり問いただすこともない。優三郎には優三郎の考えがあるはずだ。その考えがまとまってから、教えてもらえればいい。

　もちろん、皆が朔太郎のように気長ではない。この家で一晩を過ごした翌朝、真次郎から優三郎に電話がかかってきていた。到着後はくたびれてすぐ寝てしまい、実家に連絡を入れそこねていたらしい。なにやら延々と説教されていた。真次郎のことだから、優三郎を送り帰そうとしない朔太郎にも業《ごう》を煮やしているかもしれない。

書きかけの論文が一段落ついたので、日曜日はひさしぶりにゆっくり休むことにした。どこか行きたいところはないかと優三郎にたずねてみたら、お兄ちゃんのおすすめは、と逆に聞き返された。朔太郎が休日に遠出するといえば、行き先は一択だ。

「ときどき、山には行ってるけど」

「山登り？」

「いや、そんな本格的なもんじゃないな。どっちかっていうと、山歩き」

苔を採集しがてら、ぶらぶらと歩き回るのだと話すと、行ってみたいと優三郎は乗ってきた。ついでにキャンプもしようかと提案してみたところ、それにも賛同を得られた。フィールドワークでなじみの山のひとつに手頃なキャンプ場があり、研究室の面々でもたまに泊まっている。

翌日の午前中、朔太郎は愛車に弟を乗せて出発した。

大学に寄って研究室に置いてある共用のテントと寝袋を拝借し、キャンプ場には午後一番に着いた。連休が終わった直後の週末だからか、だだっ広い駐車場は空いていた。

受付で手続きをすませて、近くのハイキングコースを散策した。鬱蒼《うっそう》とした雑木林の中をくねくねとのびている小道にも、人影はまばらだ。

「こういうのを採るの？」

優三郎が木の幹にへばりついている苔を指さした。朔太郎は足をとめ、背負ってきたリュックサックを下ろした。

今回は優三郎が一緒だし、特に苔を集めるつもりはなかったが、せっかくだからやってみたいと言われて道具を持参した。といっても、別にたいしたものではない。苔の形状を観察するためのルーペと、樹皮や岩肌から個体を削《そ》ぎとるためのナイフ、それを持ち帰るための封筒である。

「わあ、すごい」

ルーペを苔に近づけた優三郎が、歓声を上げた。倍率は十五倍で、顕微鏡に比べたらささやかなものだけれど、それでも見える世界がぐんと広がる。

「いつもは研究室のみんなで一緒にやってるの？」

「苔はおれくらいだな。専門にしてる植物が、みんな違うから」

フィールドワークの間、朔太郎はたいてい同行者たちのしんがりをつとめている。苔は小さいので、どうしても観察に時間がかかる。じっくり見入っていると、いつのまにか遅れをとってしまう。

「さっき話した後輩は、シダを研究してるよ」

道の両脇にわさわさと茂ったシダを横目に、朔太郎は言い足した。

来る途中で研究室に立ち寄ったときに、イシダと出くわしたのだった。これから弟とキャンプをすると話したら参加したがっていたが、断った。初対面の他人が同行して、優三郎に気を遣わせると悪い。

「来てもらってもよかったのに。気を悪くしなかったかな？」

朔太郎の懸念とは別の方向に、優三郎は気を遣っている。心配には及ばないだろう。イシダはよくも悪くも頑丈な精神の持ち主だ。そこは研究者に向いている。

「お兄ちゃん、慕われてるね」

「いや、別に」

「いいなあ、楽しそうで」

優三郎はうらやましげにつぶやくと、足もとの切り株に目を落とした。なにか気になるものでも見つけたのか、しゃがんで再びルーペを構える。

朔太郎も周囲を見回してみた。目新しいものはないだろうけれど、念のためにざっと確認しておいてもいい。日当たりや風通しがほんのわずかに変わっただけでも、苔の生態には影響が出る。気は抜けない。

道端の石ころを拾ってかざしていたら、優三郎がだしぬけに言った。

「僕、職場でちょっとうまくいってないんだ」

小学生の頃を彷彿《ほうふつ》とさせる、かぼそい声だった。視線は朔太郎ではなく、手もとのルーペに注がれている。

「なんていうか、その、人間関係が」

「そうか」

朔太郎は小石を手のひらで転がしながら、続きを待った。急かすつもりはなかった。家の外で直面している問題について、家族に気安く打ち明けづらい、その心持ちは朔太郎にも覚えがある。

仕事場のことであれ、あるいは、学校のことであれ。

★ ★ ★

優三郎のたどたどしい話に、朔太郎は静かに耳を傾けてくれた。

家に転がりこんだ当初から、早く事情を説明しなければと思いつつ、朔太郎が詮索してこないのをいいことにずるずると先送りにしてしまっていた。恭四郎に同じ話をしたときの苦い記憶も尾をひいていた。朔太郎のことだから、頭ごなしに優三郎を非難したり軽蔑したりはしないだろうが、やはり口が重くなっていた。

もっとも、恭四郎も後からちゃんと謝ってくれた。優三郎が朔太郎の家にいると知らせたら、折り返し電話をかけてきて、言いすぎてごめん、ちょっといろいろあって疲れてて、ときまり悪げに弁解していた。こっちこそごめん、と優三郎からも詫びた。日を置いて頭が冷えてみれば、恭四郎の言い分にも一理あった。

いきなり家出した兄のことを、恭四郎は心配してくれてもいるようだ。瑠奈や真次郎からも、ときどき様子見のメッセージが届く。皆に気をもませてしまっているのは申し訳なくて、元気だから大丈夫だと返信はしている。ただ、いつ帰ってくるかと問われても、はっきりと答えられなかった。

職場にも連絡は入れてある。人事部の差配で、有給休暇を消化する体《てい》にしてもらっている。体調が快復するまで休みたいとおそるおそる申し出てみたら、存外すんなりと認められた。ただし、土屋や班長をはじめ、現場でどう思われているかはわからない。

ともあれ、朔太郎にひととおり話し終えたら、ずいぶん気持ちが軽くなった。

朔太郎は終始、批判はもちろん、同情や励ましめいた言葉も口にしなかった。おかげで優三郎も、変にとりつくろったり卑屈になったりしなくてすんだ。遠く離れているせいもあってか、職場のことを考えても以前ほどつらくはならなかった。ルーペで苔の細部を観察するのと同じ要領で、過去の自分や事のなりゆきをレンズ越しに見下ろしているような感じだった。

「突然押しかけちゃって、ごめんね」

気になるのに手をつけあぐねていた宿題をやっと片づけたような気分で、優三郎はしめくくった。

「別に、かまわないよ。好きなだけいたらいい」

それきり、会話はとぎれた。

めいめいルーペを手に、ひとけのない山道を思い思いに歩き回った。優三郎も予想以上に楽しめた。そこまで強い好奇心があったわけではなく、朔太郎が夢中になっているようだから少しばかり興味がわいただけだったのに、いつしか集中していた。木肌、岩陰、地面、苔はありとあらゆるところに生えていた。肉眼では見分けがつかなくても、レンズを通すとそれぞれに個性的な姿が現れる。その精緻な造形に、ひきこまれた。

日が傾き、手もとが暗くなってきたのをしおに、キャンプ場まで戻った。夕暮れの林に虫の声が降るように響いている。割りあてられた区画に、朔太郎は慣れた手つきでテントを張った。キャンプといえば、大勢でわいわいやるものだという印象が強かったけれど、大人数の集団は見かけない。優三郎たちのような男どうしの二人組のほか、家族連れや男女のカップル、ひとりで来ている男性客もいる。

完成したテントの前に折り畳みの椅子とテーブルを据えて、ランタンをともした。薄闇の中、黄色い光のもとで無骨なキャンプ用品がやたらと幻想的に見える。缶詰をバーナーであたため、ビールで乾杯した。

「おいしいね」

軽快にはじける炭酸に押し出されるように、声がもれた。ふだんはつきあいでかたちばかり飲む程度で、アルコールは得意ではないのに、やけに旨い。

「外で飲むと、なんか違うんだよな」

朔太郎はたちまち一缶を飲みきって、次を開けた。その飲みっぷりに、優三郎はひそかに驚いた。実家では一滴も飲まないから、下戸だとばかり思いこんでいたが、なかなか強いようだ。顔色もまるで変わらない。

優三郎のほうは、ちびちびと一缶を空けただけであっというまに酔いが回った。ほてった頬を、涼しい夜風が心地よくなでていく。

缶詰を何種類かたいらげ、湯をわかしてカップ麺も食べた。熱いスープに息を吹きかけながら、優三郎はつぶやいた。

「なつかしいな」

昔、朔太郎の部屋で過ごした奇妙に安らかな夜のことを、思い出していた。

優三郎がノックすると、朔太郎は毎回いやな顔ひとつせずにドアを開けてくれた。家族が寝静まった深夜に、しかも兄の部屋でくつろいでいるなんて、二重に非現実的だった。なんだか夢の中の出来事みたいにも感じられた。不思議な夢から醒《さ》めたくなくて、両親にも真次郎にも、なにも話さなかった。

黙々と勉強する朔太郎の背中を横目に、優三郎は本棚から拝借した植物図鑑や科学雑誌を気まぐれにめくった。飽きてきたらページを閉じ、ただ横になって、兄の立てる物音に耳をすました。鉛筆を紙の上に走らせる音、ノートや参考書をめくる音、ため息、聞いているうちにうとうとと眠気がしのび寄ってくる。自分のベッドでは、眠らなければと念じるほどに目が冴えてくるのがうそのようだった。じゃましてごめんと優三郎が詫びるたび、別に、とまじめな顔で朔太郎は否定した。じゃまだったらそう言うし、と。

「なつかしい?」

朔太郎は首をかしげている。忘れていても無理はない。十数年も前の話だ。説明しようと優三郎が口を開きかけたとき、「ああ」と朔太郎が声を上げた。

「そういや、夜中にふたりで焼きそば食ったよな。おれが高三のときだから、もう十八年も前か」

時期まで正確に覚えているなんて、さすがの記憶力だ。

「遠くまで来たもんだな」

半ばひとりごとのように、朔太郎がつけ加えた。

そのとおりだ、と優三郎はいくらか朦朧《もうろう》としてきた頭で考える。十八年かけて、朔太郎は長い道のりを着実に歩んできた。親もとを離れ、名門大学で研究にいそしみ、今やそれを仕事にして自活している。

その間、いったい僕はなにをしていたんだろう。

なんにもしていなかったわけじゃない。中高大と学校に通い、就職もした。けれどひとりの人間として、どれだけ前へ進めたものかと振り返ってみると、不安にかられる。二十代も半ばを過ぎたというのに、小学生の頃と同じように傷ついて、同じ場所をいつまでもぐるぐると彷徨《さまよ》っているだけのような気がしてならない。

「遠くに行きたいな、僕も」

そろそろ、これからのことを考えなくてはならないのだろう。ずっと朔太郎に甘えてばかりもいられない。

「行きたいところに、行けばいい」

朔太郎はことともなげに言った。

「実際、もう来てるじゃないか。こんなに遠くまで」

★

優三郎にも手伝わせて食後の片づけを終えてから、テントの前で焚《た》き火をした。持参したマシュマロを鉄串に刺して、軽くあぶる。近頃、研究室のキャンプではこれが食後の楽しみとして大流行している。熱くてとびきり甘く、独特の風味がやみつきになる。

満腹だからと一度は断った優三郎も、強烈な甘い匂いの誘惑にあえなく屈した。ひとつ味見したが最後、とまらなくなっている。

「ああ、おなかいっぱい」

椅子の背にもたれ、夜空をあおいで目を細めた。

「すごい星だね」

朔太郎も、こちらに引っ越してきたばかりの頃は感動した。もうすっかり慣れてしまったが、首都圏では望めない贅沢な眺めである。

「お兄ちゃんは、星とかにも詳しいの？」

「いや、全然」

天文学は専門外だ。同じ自然科学の研究対象といっても、慎ましく地表にへばりついている苔と、はるか宇宙のかなたに浮かぶ星々とでは、文字どおり天と地の差がある。

「大きすぎて、手に負えない気がするんだよな」

目のつけどころによって、世界の見えかたはがらりと変わる。天文学者たちは、星を眺めているると人間がどんなにちっぽけかを実感する、というようなことをよく言う。反対に、朔太郎は苔を観察しながら、人間という生物は大きすぎると痛感させられている。いつか読んだSF漫画に、体のサイズを自由に変えられる便利な道具が出てきたけれど、誰か開発してくれないだろうか。身長を一ミリくらいにまで縮めて、神秘的な苔の森を心ゆくまで探検できたら、さぞ楽しかろう。

「そういや、苔を宇宙でも栽培できないかっていう研究もあるよ」

ふと思いついて、言ってみた。

「苔を？」

優三郎はきょとんとしている。

「宇宙ステーションに苔を持ちこんで、無重力状態でどう生育するかを調べてるんだ」

人類の宇宙移住を念頭に置いた、壮大な研究だ。他の星や宇宙船内で植物を育てられれば、酸素や食料の供給源にできる。ただし、地球上とは大きく異なる生育環境にも耐えられる種でなければならない。そこで、極地や高地など一般の植物には厳しすぎる条件にも適応し生息しうる苔が、期待を集めている。

「構造が単純だから、宇宙でも培養しやすいんじゃないかって。そもそも、地球の酸素も苔から生まれたって言われてるし」

朔太郎が自慢することでもないが、つい得々と語ってしまった。

「その研究がうまくいけば、地球以外の星にも苔が生えるかもしれないってこと?」

「いつ実現するかはわかんないけどな」

朔太郎は空を見上げた。目が慣れてきたのか、どんどん星の数が増えている。

「それか、どっかの星にもう生えてるかもしれない。まだ発見されてないだけで」

「宇宙は広いもんね。なんか、吸いこまれそう。じっと見てると、くらくらしてくる」

優三郎の言うとおり、ぼうっとしていたら広大な夜空にのみこまれそうだ。そらおそろしいような心もとないような、落ち着かない気分にもなってくる。

「広すぎるんだね、きっと。圧倒されちゃうっていうか、得体が知れないっていうか。昔のひとが星になにか意味があるって考えたのも、わかる気がするかも」

朔太郎に話しかけているというより、ひとりごとのように聞こえた。返答を求めるつもりもなかったのかもしれない。

しかし考えるより先に、朔太郎は言っていた。

「占いか」

ことさら嫌悪の響きはにじんでいなかったはずだ。ただ、これまで酒の勢いも手伝って機嫌よく話していた分、そっけなく感じられたかもしれない。

「前から思ってたんだけど」

優三郎がためらいがちにたずねた。

「お兄ちゃんは、占いがきらいなの？」

「別に、きらいってわけじゃない」

朔太郎は首を横に振る。

「でも、占いはおれを助けてくれなかった」

五年生のクラス替えでも、朔太郎は轟木と同じ組になってしまった。新学期からひと月足らずで、クラスメイトの大半が朔太郎とは口を利いてくれなくなった。

そのことを、前年と同様に、朔太郎は家で話さなかった。多勢に無勢とはいえ、なんの抵抗もできない自分が不甲斐なくみじめだったし、幼い弟たちの世話に追われている両親に気苦労をかけたくもなかった。当時、乳飲《ちの》み子の優三郎はしょっちゅう病気になるわ、真次郎は赤ちゃん返りするわで、家の中はしっちゃかめっちゃかになっていた。

それでも、察しのいい母はなにか勘づいたようで、「学校はどう？」と何度か探りを入れられた。朔太郎は沈黙を守った。息子に話す気がないと諒解《りようかい》すると、母はそっとしておいてくれた。一方、父はもっと直截《ちよくせつ》だった。

「なにか困ってることがあるんじゃないか？」

あらたまって聞かれた。

朔太郎は言葉に詰まったものの、じっと返事を待つ父の顔を見ていたら、少し勇気がわいてきた。いじめられているとばれないように、せいいっぱい平静な声を出した。

「クラスの子が、占いはインチキだって言うんだ」

父が顔をしかめた。

「まさか。占いはインチキなんかじゃない」

有無をいわさぬ剣幕で、「絶対違う」と言いきった。

「そんなこと言ってる奴こそ、インチキだ。そう言い返してやりなさい」

それができれば苦労はしない、とは言えなかった。

おとなになってから――信じられないことに、朔太郎は当時の父の年齢をゆうに超えてしまった――、時折考える。もしあのとき、父がまず詫びてくれていたらどうだっただろう。お父さんのせいでいやな目に遭わせてごめんな、と真摯《しんし》に言ってもらえたとしたら、ちょっとは気が晴れただろうか。息子の苦境に寄り添おうという態度を、心の支えにできただろうか。その苦境を気どられまいと強がったのは朔太郎自身なのだから、父ばかりを責められないが。

どのみち、今さらくどくど思い返しても意味はない。現実には違うことが起きた。

「そうだ、朔太郎のことを占ってみようか?」

父が提案したのは、占いが詐欺でもでたらめでもないと断固証明したかったからだろう。息子まで同級生に感化され、家業に疑念を抱いているのではないかと危ぶんだのかもしれない。

杞憂《きゆう》だった。占いがインチキでなければいいと朔太郎は心から願っていた。父が正しいと信じたかったし、なにより、轟木たちが正しいとは思いたくなかった。

そうして朔太郎は父に占ってもらった。

「再来年あたりから、星回りがすごくよくなるぞ」

にっこりして告げられ、またもや落胆した。小学生にとって二年は果てしなく長い。ほとんど永遠だ。

「楽しみだな。もう中学生だし、なにか新しいことをやってみてもいいかもしれない」

父はちっともわかっていなかった。朔太郎が必要としていたのは、この現状を打開するための有効な手立てだった。たった今、なにができるかが知りたかった。二年後を待てと言われたって、なんの救いにもならない。

占いというものについて、朔太郎は考え違いをしていたのだ。買いかぶっていた、と言い換えてもいい。占い師は相手の抱える問題を魔法のように見通し、無敵の解決策を伝授してくれるものだと思いこんでいた。

それはまさしく魔法だ。ただの占いに、そんな力はない。

むろん、なにも打ち明けないと決めたのは、ほかならぬ朔太郎自身だった。自ら口をつぐんでおいて、察してもらえないとがっかりするなんて矛盾している。学校でいじめられていると素直に訴えれば、父だってなにかしら手を打ってくれただろう。でもあのときは、そう冷静には考えられなかった。父が息子の窮状をみごとに言いあててみせることも、当然ながら助けてくれることもないと悟って、深く失望した。

父にはもう頼るまい、と心に決めた。占いにも。頼れるのは自分だけだ。自分の頭を使って、自分の力で切り抜けるほかない。半ば自棄《やけ》になっていたにせよ、肚が据わったのはある意味では父のおかげともいえる。轟木とその仲間たちから逃れるために、最も確実な方法を探した。

そして、中学受験に向けて猛勉強をはじめた。

それまで朔太郎は勉強がきらいだった。学校の授業をおもしろいと思ったことは一度もなく、宿題もテストもいやいや片づけていた。ところが塾に通い出してまもなく、苦手意識はあっけなく覆《くつがえ》された。難問が解けたときの達成感や、着々と知識が積みあがっていく充足感に、心満たされた。がんばった分だけ点数が伸び偏差値が上がる、明快な手ごたえも気に入った。知的好奇心に目覚めたというよりはスコアを競うゲーム感覚に近かったとはいえ、前向きに打ちこめるものが見つかって、ずいぶん救われたと思う。轟木一味のいやがらせも以前ほど気にならなくなった。小学校での朔太郎は、パソコンでいうならスリープモードに徹した。できるだけ脳みそを使わず、心を無にして下校時刻を待った。CPUもメモリも有意義に活用すべきだ。くだらないことにかかずらって消耗するのはばからしい。

二年後、朔太郎は難関とされる都内の私立男子校に合格した。

★
★
★

ちらちらと揺らめく焚き火の炎を見つめ、朔太郎は淡々と言葉を重ねていく。

兄が小学校でいじめられていたなんて、優三郎はまったく知らなかった。物心がつく前だし、両親や真次郎からそんな話を聞いた覚えもない。

もっとも、朔太郎は「いじめ」という表現は使っていない。小学校に面倒な奴らがいて、からまれるのが苦痛だったと言った。学校が大きらいで毎日が憂鬱だった、とも。どんな仕打ちを受けたのか、詳しく語るつもりはないようだ。優三郎のほうからも問う気にはなれない。

朔太郎は常に飄々《ひょうひょう》としている。感情的になったり取り乱したりするところは見たことがない。そんな兄が口にする「苦痛」や「大きらい」や「憂鬱」といった言葉は、ふだん優三郎がなにげなく言ったり聞いたりしているそれとは比べものにならず、重く響いた。当時はまだ小学生で今ほどはしっかりしていなかったとしても、朔太郎がそこまで追い詰められたなんて、そうとう苛酷な日々だったに違いない。それでも、いじめっ子たちと違う中学をめざして受験勉強に励み、自力で逆境を乗り越えたのだ。

「えらいね、お兄ちゃんは」

話が一段落したところで、優三郎は言ってみた。

「そうか?」

朔太郎は褒められて喜ぶというより、戸惑っているふうだ。

「うん。えらいし、強いよ」

優三郎だったら、くよくよ落ちこむばかりだろう。心機一転、勉強に取り組む力なんて、とうていわいてこない。はじめから、がまんできずに両親や瑠奈に泣きついてしまうかもしれない。

「強い？」

しばし間をおいて、朔太郎はぼそりと続けた。

「弱肉強食、って言うだろ」

質問とも、独白とも聞こえた。

唐突な四字熟語に、今度は優三郎が当惑した。強い、の一語からの連想だろうか。意図をはかりかねたまま、「うん」ととりあえず相槌を打つ。その言い回し自体は日常生活でも耳にする。弱い動物は、強い動物の餌食《えじき》になる。人間どうしの間でも比喩としてしばしば使われる。強者は弱者を犠牲にして栄える、それが自然界の理だとすれば、なんとも寒々しい話だ。

朔太郎はなんと言うべきか吟味するかのように、顎に手をあてがって考えこんでいる。燃えさかる焚き火の光で淡く縁どられた横顔には、ほのかに父の面影があった。考えにふけっているとき、父も同じしぐさをする。

ひょっとして、自身の経験もふまえ、強くなれと諭したいのだろうか。もっと強くなって、なんとしてでも生き延びろ、と。しかしそれにしたって、どうしてわざわざ「弱肉強食」なんて荒っぽい言葉を持ち出したのかが腑《ふ》に落ちない。朔太郎にしても、いじめっ子をいじめ返したわけではない。彼らの手が届かない高さまで、跳んだのだ。

そもそも優三郎には、強くなって弱い者を食ってやろうというような気概も度胸もない。といって、弱いままで強い者にむざむざ食われてしまいたくもない。強くなりたいというより、弱くなくなりたい。できることなら。

「だけど、強けりゃいいってもんでもない」

朔太郎が言葉を継いだ。優三郎はさらに混乱した。

「え？」

「生き残るのは、強い種じゃない。環境に順応できた種だ。それは生物学的に証明されてる」

朔太郎が優三郎のほうに向き直った。夜風にあおられ、火の粉がぱちぱちと舞いあがった。

「今いる場所に合わせるか、もっと合う場所を探しにいくか。世界は広いしな」

兄の言わんとすることがようやくのみこめて、優三郎ははっとした。

「ありがとう。考えてみる」

口先だけではなかった。テントの中で寝袋にくるまってからも、兄の規則正しい寝息を聞きながら優三郎は思案を続けた。自宅なら、タロットで占うという手もあるけれど、あいにくカードは手もとにない。朔太郎にならって自分の頭を使うほかない。

夜が明ける前に、結論は出た。

家へ帰ろう。職場に戻ろう。迷惑をかけてしまった同僚たちに謝って、仕事を続けられそうか確かめよう。それで無理なら、新たに仕切り直そう。

はたと思いつき、スマホを出して会社のホームページを開いてみた。倉庫の所在地が一覧になっている。今の勤務地のほかに、通勤圏内だけでも五、六カ所ある。ついでに転職サイトで、フォークリフトの免許を使える求人も検索した。無数にあった。

優三郎はつかのま放心した。こんなにも簡単に調べられるのに、これまで調べてみようと考えつきもしなかった。

ここではないどこかへ行きさえすれば、なにもかもうまくいくわけではない。この世界はそんなに甘くない。でも、ここではないどこかが存在することすら、優三郎は忘れかけていた。世界はそんなに甘くないかもしれないけれど、まぎれもなく広いのだ。朔太郎の言っていたとおりだった。

朝食の後、テントをたたんで帰途についた。

「ちょっと飲みすぎたな」

運転席であくびを連発している朔太郎に、優三郎は声をかけた。

「お兄ちゃん、今回はほんとにいろいろありがとう」

「なんだよ、あらたまって」

朔太郎が首をすくめる。

「それより、なんか鳴ってないか?」

言われてみれば、鈍い振動音がどこからか聞こえてくる。

かばんからひっぱり出したスマホの液晶には、真次郎の名前が表示されていた。電話がかかってくるのは、こっちに来た翌日以来だ。短いメッセージのやりとりではらちが明かず、とうとうしびれを切らしたのかもしれない。ちょうどよかった。明日か明後日には帰ると伝えておこう。

「もしもし?」

電話に出たとたん、どなりつけられた。

「優三郎か？　すぐ帰ってこい」

あまりの剣幕に、返事ができなかった。せっぱつまった口ぶりで、真次郎はまくしたてた。

「父さんが救急車で運ばれた」

＊

病院から連絡を受けたとき、真次郎はひとりで自宅にいた。東泉堂は休みで、朝食の後に父は駅前の本屋へ、恭四郎は大学へ、それぞれ出かけていった。母と優三郎は、まだ家に戻ってきていない。

週末には帰宅するはずだった母は、引き続き四国にとどまっている。片づけが思うように進まず、追加で有休をとることにしたと父に電話があった。たまたま真次郎もそばにいた。液晶画面の発信元をつい盗み見たのは、ほんの一瞬、もしや例の女かと疑惑が頭をかすめたからだった。彼女が何者なのかは結局聞きそびれている。

母の名前を目にして真次郎は息をついた。が、電話をとった父はなぜだか部屋を出ていってしまい、しばらくして戻ってくると、母の滞在が延びたと告げた。中途半端に放り出すのは悪いというのがその理由で、母の言いそうなことではあるものの、父の浮かない顔つきも気にかかった。「それだけ？」と問い詰めたいのをどうにかこらえた。他にもわけがあるんじゃないか——たとえば、あの女のことを夫婦で話しあったとか。

突拍子もない妄想だとは思う。だが、いったん気になり出すと、悪いほうへ悪いほうへと思考が流れてしまう。ひとりで頭を悩ませているのもよくないのかもしれない。なにせ相談相手がいないのだ。恭四郎に話したらまた考えすぎだといなされそうだし、こんなときに限って優三郎はいない。

優三郎は優三郎で、気がかりだ。突然なにもかも放り出していなくなるなんて、いったいなにを考えているのか。電話で話した限り、そこまでおかしな様子はなかったものの、いつ帰ってくるのかと問いただしてものらりくらりとかわされた。仕事を何日も休んで支障はないのだろうか。しかも、よりにもよって、あの朔太郎のもとに身を寄せているというのだから、いよいよ意味がわからない。悩みでもあるのか。おれに打ち明けてくれれば、いくらでも相談に乗ってやるのに。

リビングの固定電話が鳴り出したのは、十一時過ぎだった。

近頃は、こちらにかけてくる相手は珍しい。なにかの勧誘だろうかといぶかしみつつ受話器をとった。東豊さんのお宅でしょうか、と聞き慣れない男の声がした。やはり営業電話らしい。どう断ろうかと迷っていると、市民病院の職員だと彼は名乗った。

とるものもとりあえず、真次郎は病院へ駆けつけた。父は検査の最中で面会できず、先ほど電話をくれた職員に事情を説明してもらった。足をすべらせて歩道橋の階段から転げ落ち、腰を強打したという。立ちあがるのもままならず、救急車で病院まで運ばれたそうだ。軽い脳震《のうしん》盪《とう》も起こしていて、念のために頭の検査もするらしい。

「頭？　大丈夫なんでしょうか？」

声がうわずってしまった。職員が困ったように言葉を濁す。

「意識ははっきりしていたようですが。検査の結果が出ないことには、なんとも」

それはそうだ。すみません、と真次郎が気を取り直して詫びると、彼は気の毒そうに首を振った。

「ご心配はごもっともです。検査が終わりしだい、担当医から説明させていただきますので」

「ありがとうございます」

一礼したところで、もうひとつ聞いておきたかったことを思い出す。

「父に付き添って下さったって方は、今どちらに？」

家族の連絡先はわからないと「付き添いの方」に言われたため、父のカルテを確認して電話をくれたと聞いたのだった。この市民病院には、家族ともども昔から世話になっている。緊急連絡先として自宅の固定電話が登録されていたようだ。

その場に居あわせた親切な誰かが、病院まで同行してくれたのだろう。救急車を呼んでくれたのも、同じ人物かもしれない。礼を言わなければならないし、現場の様子も聞いておきたい。

「ああ、そちらの椅子に」

職員は廊下の先に目をやって、首をかしげた。

「あれ、いないな。さっきまでそこに座ってたのに」

きょろきょろしているところへ、傍らの受付カウンターに座っていた女性職員が「あの」と口を挟んだ。

「あそこで待ってらした女性のことですか？　紺色のコートで、髪の長い」

はい、と男性職員がうなずく。

「でしたら、先ほど帰られましたよ。駅までどうやって行けばいいかって聞かれました」

「そうですか」

ひとこと挨拶したかったのに、残念だ。道をたずねていたのなら、このあたりの住人ではないのだろうか。巻きこんでしまって申し訳なかった。

「お父様が落ち着いたら、知らせてあげて下さい。心配なさっていたので」

思わぬことを言われて、真次郎は戸惑った。

「父の知りあいなんですか？」

「ええ、そううかがいましたよ」

家族ならもろもろの手続きを進めてもらおうと声をかけたところ、わたしはただの知人なので、と断られたという。

「それで、ご自宅のほうにお電話さしあげたんです」

事情はのみこめた。しかし、誰かと会うなんて、父はひとことも言っていなかった。出先でばったり会ったのだろうか。それとも急に誘いがかかったのか。

誰だろうと首をひねりかけ、息をのむ。

そういえば、まったく同じ問いが、最近ずっと頭の中にこびりついて離れないのだった。紺色のトレンチコートを着た髪の長い女性――あれはいったい誰なんだろう、と。


恭四郎が病院に駆けつけたのとほぼ同時に、父の検査結果が出た。腰椎捻挫《ようついねんざ》、と四字熟語だとものものしいけれど、いわゆるぎっくり腰だ。

親子三人で医師から説明を受けた。骨に損傷はなく、手術も必要ない。ただ、歩くどころか立ちあがるのも難しいため、このまま入院して療養するようにすすめられた。

懸案だった脳の検査でも異状はなかったそうで、恭四郎はひとまず胸をなでおろした。真次郎から呼びつけられたときには、もっと切迫した事態も危惧していた。順調に回復すれば、二、三日で退院できるようだ。

痛みどめの薬の副作用か、くたびれたせいか、じきに父はうとうとしはじめた。片手には点滴の針が刺さり、もう片方の手は大判の絆創膏《ばんそうこう》が貼られていて痛々しい。日頃は元気で若々しいが、こうしてベッドに横たわっていると年齢相応に老けて見える。息子ふたりは足音をしのばせて病室を出た。

病院の廊下は案外にぎやかだ。患者をのせたストレッチャーがゆきかい、白衣を着た医師やワゴンを押す看護師とひっきりなしにすれ違う。

真次郎はとりいそぎ東泉堂に行ってくるという。明日以降の予約を確認し、父の客に連絡を入れなければならない。恭四郎のほうは、家から父の着替えや身の回りのものをとってくる役を引き受けた。動転した真次郎は優三郎と母まで呼び戻したらしい。単なるぎっくり腰でそこまでしなくてもよかったんじゃないかとも思ったけれど、こういうときは人手が多いほうがなにかと便利かもしれない。

「でもまあ、一安心だね」

出口をめざして歩きながら、恭四郎は兄に話しかけた。

「痛いのはかわいそうだけど、頭とか骨とかがどうもなくてよかったよ」

てっきり真次郎も気が軽くなっただろうと思いきや、険《けわ》しい顔つきに面食らう。

「どうしたの、真ちゃん?」

さては、東泉堂の営業について案じているのだろうか。医師の話では、退院してもただちに職場復帰するのは難しそうだった。長時間座ったままだと腰に負担がかかるし、占いに不可欠な集中力も削がれる。父が快復するまで待てないという客もいるだろう。代役をつとめざるをえないのは、真次郎にとって重荷なのかもしれない。前に星月夜で飲んだときにも、父と比べるのは勘弁してほしいと愚痴をこぼしていた。

思い詰めたおももちで、真次郎が口を開いた。

「父さん、ひとりじゃなかったらしいんだよ。怪我したとき」

「え、そうなんだ？」

階段から落ちたと恭四郎は聞かされただけで、詳しい状況は知らなかった。

「救急車でも、女のひとが付き添ってたんだって」

真次郎の声がいっそう低くなる。病院の職員から聞いたそうだ。

「それ、こないだのひとなんじゃないかと思うんだよ」

「こないだ？」

問い返した恭四郎に、真次郎はもどかしげに続けた。

「ほら、話しただろ。店の前で、父さんを待ちぶせしてた」

そういえば、そんな話があった。真次郎があれ以来なにも言わないので忘れかけていた。

「真ちゃん、会ったの？　ここで？」

「いや」

よくよく聞けば、じかに姿を見たわけではないという。真次郎が駆けつけたときには、入れ違いに帰ってしまった後だったらしい。

「ほんとに同じひとかなあ？」

長い髪も、紺色のコートも、珍しい特徴とはいえない。アフロヘアにヒョウ柄のコートとかならまだしも、それだけで同一人物だと決めつけるのは早計ではないか。真次郎は思いこみが激しすぎるのだ。

半信半疑の恭四郎に向かって、真次郎は言い募る。

「だって、知りあいだって本人が言ったっていうんだよ」

「え？　知りあい？」

それなら話は別だ。最初からそう言ってくれればいいのに、どうも要領を得ない。

父は今朝、本屋に行くと言っていた。あれは口実で、こっそりその女と逢引《あいび》きしていたのだろうか。いや、そうとも限らない。前回のように、どこかで待ちぶせされたのかもしれない。どちらにしても、父が怪我をした現場に彼女も居あわせ、放っておけずに病院まで同行したのだろう。

そこでまた、新たな疑問が浮かんだ。

「でも、おかしくない？　検査の途中で帰っちゃったんでしょ？　せっかく病院まで来たのに、結果が出るまで待ちそうなもんじゃない？」

ふたりがどういう関係なのかはわからない。ただ、彼女にとって父は、仕事場に押しかけてきてまで会いたかった相手なのだ。

「他の用があったとか？」

真次郎が言う。

「お父さんと会った後に、なにか予定を入れてたってこと？」

もしそうだとしたら、父の無事を見届けることよりも優先されるべき、どうしてもはずせない用件のはずだ。待ちぶせしたにせよ、約束していたにせよ、大事な相手と会おうという日に、そんな用事を重ねて入れるだろうか。

「真ちゃんが来たから、あわてて逃げた?」

思いつくまま口にしてみたものの、これまたしっくりこない。前回、彼女は真次郎の目の前で父に声をかけている。家族に存在を知られたくないなら、そんなことはしない。なぜ今回に限って鉢あわせするのを避けたのだろう。父に貸しを作ったといえなくもないし、開き直って恩を売ることだってできそうなのに。

「あっ」

不意に、ひとつの仮説がひらめいた。

「なんだよ?」

真次郎が心細げな声を出す。「もしもの話だよ」と慎重に前置きして、恭四郎はひそひそと言った。

「もし、お父さんの怪我に彼女も関係があったとしたら?」

「それ、どういう意味?」

不審そうに眉を寄せた真次郎が、目を見開いた。

「まさか、突き落とされたとか?」

ちょうどすれ違った、松葉杖をついた中年男に、胡乱《うろん》な目を向けられた。真ちゃん声でかすぎ、と恭四郎は注意する。

「そこまで極端な話じゃなくてもさ、たとえば階段でもみあいになって、お父さんが足をすべらせたとか」

もしくは、追いすがる彼女を振りほどこうとして、バランスをくずしてしまったとか。なにかの事情でふたりがもめていたとすれば、ありうる展開だろう。口論の末に話がまとまらず、立ち去ろうとする男に、必死にすがりつく女。男どうしなら無理やりにでも振りはらって逃げられるが、力の差を考えるとそう邪険にもできない。恭四郎にも似たような経験がなくもない。

「で、自分が怪我させちゃったと思って、あせったのかも」

責任を感じて病院まで同行したものの、家族とは合わせる顔がない。そこで、自宅に連絡がついたのをみはからって退散した。

「まじかよ」

真次郎がうめき、両手で顔を覆った。

★

優三郎を空港行きのバス停まで送った後、朔太郎は研究室に出勤した。夕方になって、実家に着いたと電話がかかってきた。

父はぎっくり腰だったらしい。何日か入院しなくてはならないが、救急搬送されたと聞かされたときに想像したほど差し迫った事態ではなさそうだ。

「手術とかもしないし、とりあえず様子見だって。入院もそんなに長びかないみたい」

優三郎の声にも、やや拍子抜けしている気配が感じられた。

「よかったな。よろしく伝えといて」

父への伝言がひとりでに口をついて出て、朔太郎は自分でも驚いた。

そこまで心配していたわけではない。現に、弟たちのように、病院まで駆けつけようという発想はなかった。一方で、父の怪我がたいしたものではなかったと知らされて、ほっとしているのも事実だった。

「うん。伝えるよ」

返事が遅れたのは、優三郎も少々驚いたからだろうか。

「ありがとう。じゃあ、また」

電話を切ったら、急に眠気が襲ってきた。ゆうべはひさしぶりのテント泊で、睡眠が浅かったのかもしれない。

子ども時代の夢を見たのは、眠る直前まで昔の話をしていたせいだろうか。

第一志望の中学に朔太郎が無事に合格したとき、両親もとても喜んでくれた。よくがんばったね、たいしたもんだ、と競うように褒められて、朔太郎もまんざらではなかった。

ところが、父はよけいなひとことをつけ加えた。

「そういえば今年、朔太郎は最高の運勢なんだったよな」

後から考えてみれば、悪気はなかったのだろう。運気が上がっているおかげで合格できたというような含みはなかった。

それでも、頭にきた。いくら他意がなくても、入試の結果と運勢を並べて語られたくなかった。父に——占いに——頼れなかったからこそ、朔太郎は死にもの狂いで自ら未来をきりひらいたのだ。そういう運命だったのだとあたかも当然のなりゆきのように片づけられてはたまらない。

「運勢なんか、関係ない」

朔太郎が言い捨てると、両親はたじろいだように顔を見あわせた。

「もちろん、朔太郎の実力よね」

母はとりなしてくれた。

「どんなに運気がよくても、波に乗れるかどうかは本人しだいだもんな」

父はまだ的はずれなことを言っていた。

朔太郎はもう言い返さなかった。父の言葉を受け入れたわけではない。反論してもむだだとわかったのだ。話しても通じない相手と、対話を試みても意味がない。無意味なことをするのは性に合わない。

以来、父とは距離を置いてきた。実家を離れ、没交渉のまま時が過ぎた。恨んだり憎んだりしていたわけではない。ただ、わかりあえない。

そう割り切っても、いや、割り切ったからこそ、胸の奥に刺さった棘を抜きそびれてしまっていたのだろうか。最初こそ痛みや違和感もあったけれど、無視し続けた。血が出ているわけではない。腫《は》れているわけでもない。そのうちに、いつしか存在を忘れていた。ゆうべ、優三郎と話さなかったら、忘れたままだったかもしれない。

朔太郎は棘をそっと引き抜いた。苔を採集するときと同じように、手のひらにのせて目を近づけ、仔細《しさい》に観察してみた。細くてちっぽけな棘だった。標本にもできそうなほど、からからに干からびている。

もちろん、標本のように後生大事にとっておく気はさらさらなかった。ふっと息を吹きかけると、棘はどこかへ飛んでいった。

最高の運勢、と口にした父の笑顔を思い出した。心からうれしそうだった。息子の努力を否定するつもりも、占いが的中したと誇るつもりもなく、ただ純粋に、充実した中学生活を送れるはずだと祝福してくれていたのだろう。

だからといって、なにが変わるわけでもない。今さら父との距離を縮めようとも、いきなりわかりあえるとも思えない。朔太郎が占いに救われることは今後もないだろう。

でも、救われる人間もいるのかもしれないと考えられるくらいには、朔太郎もおとなになったのかもしれない。

★
★
★

ひさびさの出勤初日は、やっぱり緊張した。

始業時刻よりだいぶ早く着いてしまい、時間が余った。作業服に着替えた優三郎は、ひとけのない更衣室を出た。ぼんやりしているのも所在ない。外の風にあたって、海でも眺めて落ち着こう。

廊下を歩き出したとき、向こうからやってくる人影が目に入った。

土屋だった。まだ私服姿で、かばんを抱えている。車を停めて裏の通用口から入ってきたのだろう。

優三郎をみとめて、土屋はすっと目を細めた。

とっさに、足がすくんだ。反射的に顔をふせる。動悸《どうき》がする。土屋のほうは、歩調をゆるめない。こつこつと鋭い足音が近づいてくる。

回れ右したい衝動をおさえつけ、かといって前進もできず、優三郎は下を向いて立ち尽くした。スニーカーがずいぶん汚れているな、となぜか脈絡のない考えが浮かぶ。乾いた土がこびりついている。朔太郎と一緒に山を散策したときについたのだろうか。

不意に、蛍光灯に照らされた無機質な灰色の床が、うっすらと緑がかって見えた。

まばたきしてみる。むろん錯覚だった。床は床だ。硬く冷たく、無数の傷がついている。けれどどういうわけか、山道で下草を踏みしめたときのやわらかく快い感覚が、どこまでも歩いていけそうな晴れ晴れした気分が、よみがえっていた。

顔を上げると、土屋はもう、手を伸ばせば届くくらいの距離にいた。

「おはようございます」

声が裏返った。

土屋が足をとめた。ぎょっとしたように眉をひそめている。はずみがついて、優三郎は続けた。

「急に休んで、すみませんでした」

まだ心臓はどきどきしているけれど、さっきほど声は震えなかった。それに、声を出せないよりははるかにましだった。

勇気をかき集め、土屋の顔を正面から見る。こうして向きあうと、思いのほか身長差があって、見るというより見下ろす格好になった。土屋はなにも言わない。無表情に戻り、しかしわずかに目が泳いでいるようだった。

優三郎は少し考えて、言い添えた。

「気持ちを入れ替えて、がんばります」

先に目をそらしたのは土屋のほうだった。肩をそびやかし、黙って優三郎の横をすり抜けていった。

遠ざかっていく足音を聞きながら、優三郎も歩きはじめた。背筋を伸ばし、ゆっくりと大股で、まっすぐ前を見て、一度も振り向かなかった。

朝礼のときに、急な欠勤を班の皆にも詫びた。同僚に話しかけるのはかなりひさしぶりだったが、まずまず自然に切り出せた。昼休みには人事部に呼び出され、体調はどうかとたずねられた。問題ないと答えた。

少し残業してから帰宅した。

入院中の父と、閉店後もやることがあって遅くなるという真次郎を除いた、母子三人が夕食の席に集まった。なんか新鮮だなこの面子、と恭四郎が機嫌よく食卓を見回す。

「お父さんが退院したら、しばらく在宅勤務にさせてもらおうと思うの」

食べはじめるなり母が言い、優三郎はちょっと驚いた。

「そんなわがまま、聞いてもらえんの？　けっこう休んだばっかりなのに？」

たずねようとしたことを、恭四郎が代弁してくれる。

「だって、ちゃんとした理由があるんだもの。お母さんだって、こないだ課長の奥さんが入院してたとき、手が回らない分を手伝ったし」

母は悪びれずに答えた。早々に上司の許可もとりつけたらしい。

「困ったときはお互いさま」

自信たっぷりに言ってのけ、優三郎に水を向ける。

「優三郎は？　仕事、どうだった？」

「うん、まあまあ」

職場の様子は、休み前とほぼ変わらなかった。同僚には相変わらず距離を置かれている感じだけれど、文句を言われることも、また言いたそうな気配もなかったのはありがたかった。何日も業務に穴を開け、迷惑をかけてしまって、もっと立場が悪くなっていてもおかしくなかった。

「ね？　日頃きちんと働いていれば、いざってときに融通が利くのよ」

母が恭四郎に向かって得意そうに言う。

「そう考えると、真ちゃんは大変だな。誰も守ってくれないっていうか」

「自営業は自営業でいいこともあるけどね。自由だし」

「ああ、おれももうすぐ就活かあ」

恭四郎がため息をついた。

「大丈夫よ、恭四郎なら」

母がにこやかに励ます。優三郎もそう思う。

食後はのんびり風呂に入った。朔太郎の家では毎日シャワーですませていたので、湯船で手足を伸ばしたら体が芯からほぐれた。さっぱりして自室に戻り、押し入れの抽斗を開けた。タロットカードを手にとるのもまた、ひさしぶりだった。

いつもの手順で一枚ひくと、謎めいた絵柄が現れた。青空に、まるい時計のような円盤のようなものがぽっかり浮かんでいる。

「運命の輪」

カードを見つめて優三郎はひとりごちた。この円は、時計でも円盤でもなく、車輪を表す。絶えず回り続ける車輪は、ささいなきっかけで好転したり悪化したりする運命の大きな流れを暗示している。

変化や転機を意味するとされる一枚だ。

気持ちを入れ替える、と土屋に言ったのをふと思い出す。口をついて出たひとことは、存外的を射ていたのかもしれない。

＊

父は三日で退院し、自宅療養に入った。痛みは少しずつましになってきたという。へっぴり腰ながら、歩けるようにもなった。母もまめまめしく世話を焼いている。ちっとも家に帰ってこないので、夫婦喧嘩かと邪推したこともあったけれど、真次郎の取り越し苦労にすぎなかったらしい。

ただ、職場に復帰するには、今しばらく時間がかかりそうだった。完治とはいえないまでも痛みがおさまるまでは、あせらず静養したほうがいい。体の不調は占いの質を落としかねない。どんな仕事でも、心身の調子がいいほうがはかどるに違いないが、占い師はその傾向がことに強い。この商売は体が資本だと、ほかでもない父が日頃から言っている。

今週から来週にかけて予約を入れていた客たちには、真次郎から連絡した。誰もが突然のキャンセルを快諾し、父の体を気遣ってもくれた。代理として真次郎が占うこともできると一応伝えたものの、希望する客はほとんどいなかった。物足りないような、安堵したような、ともかく想定内の結果ではあった。かつて真次郎が担当していた金子夫人も、例外ではなかった。

電話を切った後、金子がはじめて来店した日のことを思い出した。あのとき、金子家に比べてわが家はなんと平和なのだろうと安心しきっていた能天気な自分に腹が立つ。

接客そのものは増えなかったとはいえ、細かい雑務を一手に引き受けると、そうとう忙しくなっている。父もそれは承知で、毎日すまなそうに謝ってくる。気にしないでゆっくり休んでよ、と真次郎が受け流しているのは、父への気遣いばかりでもなかった。真次郎自身ももう少し時間の猶予がほしい。父が仕事に戻れば、父子ふたりで過ごす時間がおのずと長くなる。自然にふるまえるかどうか、自信がない。

救急車に同乗していたという女の素性は、依然として謎のままである。怪我人を問い詰めるわけにもいかないと恭四郎には言ってあるが、本音をいえば、真実を知るのがこわい。小心な自分が不甲斐ない。それを恭四郎に見抜かれているふうなのも悔しい。

おまけに、恭四郎はおかしなことを言い出して、真次郎の憂鬱を倍増させた。父は彼女に怪我をさせられたのではないかというのだ。もしもそうだとしたら、父が口をつぐんでいるのは彼女をかばうためだということになる。百歩譲って、真次郎たち息子はいいとしよう。しかし母はどうなる。かいがいしく父を支える姿を見るにつけ、真次郎はどうにもいたたまれない。やっぱり、父にちゃんと確かめるべきなのだろう。今は余力がないけれど、父の怪我が治りしだい話さなければならない。

翌週の日曜日も、真次郎は朝から仕事に追われた。

へとへとになって帰宅して、玄関のドアを開けたとたん、ため息がもれた。廊下まで響いてくる快活な話し声で、来客の正体はすぐにわかった。三和土《たたき》には、高級品だとひとめで見てとれる、ぴかぴかの革靴がそろえてある。

笑顔を作り、リビングをのぞいた。これも仕事の一環だ。

「こんばんは」

「やあ、お疲れさん」

三人がけのソファの真ん中に陣どった轟木が片手を上げた。おかえり、と両親も口をそろえる。母はひとりがけのソファに腰を下ろし、父はその傍らに立っている。座るより楽らしい。

轟木も、この週末に予約を入れていた。前回の来店からまだひと月も経っていない。急を要する相談でもできたのかと真次郎はこわごわ電話をかけた。幸い、事情を知った轟木はおおいに同情し、くれぐれも無理しないようにと労《いた》わってくれた。いやに親身な口ぶりだと思ったら、何年か前にぎっくり腰を経験したらしい。

「真次郎くんも大変だなあ」

轟木が肩をすくめ、突っ立っている父にじろりと一瞥《いちべつ》をくれる。

「豊くんも、いつまでも息子に頼りっぱなしじゃいかんね」

「はい」

父はきまり悪そうに身を縮めている。

「もちろん養生するのも大事だけど、怠けないでリハビリでもなんでもやって、きっちり治しなさいよ。あんたはまだ引退するには若すぎる」

父の体を案じる一方で、むやみに甘やかそうともしないのが、いかにも轟木らしい。厳しい言葉をかけるのも、彼なりの思いやりなのだろう。轟木のような人間にとって、体や心が弱るというのは忌むべき不幸であり、すみやかに打破すべき緊急事態にほかならない。父のためを思えばこそ、早くどうにかしろと発破《はっぱ》をかけているのだ。

「人間、楽をしすぎちゃだめになるぞ」

自分の言葉に自分でうんうんとうなずいて、轟木は腰を浮かせた。

「さて、そろそろお暇《いとま》するかな。すっかり長居して悪かったね」

お大事に、陽美《はるみ》ちゃんも介護疲れが出ないように、と父と母に順繰りに言い渡すと、真次郎のほうに向き直る。

「ま、がんばんなさい。こういうときだからこそ、学べることもある」

状況が状況だからだろうか、ふだんの軽口とはどこか違う、じんわりと心にしみ入ってくるような声音だった。

「大丈夫。きみならできる」

まっすぐなまなざしにも、妙に勇気づけられた。ここ最近の苦労が報われた心地がして、真次郎は深々と一礼した。

「ありがとうございます」

外まで見送りに出ようとする父を、ここでいい、と轟木は玄関口で押しとどめた。かわりに真次郎が門の前までつき従った。待っていた黒い車から、真次郎も顔見知りの運転手が降りてきて、うやうやしく後部座席のドアを開けた。

「じゃあ、また」

「ありがとうございました。復帰のめどが立ちしだい、お知らせします」

「ああ、頼むよ」

「あの」

真次郎は思いきって言葉を継いだ。

「もしよかったら、自分が占いましょうか？　父のかわりに」

先ほどの激励で、胸があたたまっていた。一人前の占い師として認めてもらえたようで誇らしかった。認められたからには応えたい。少しでも役に立ちたい。

だが、轟木はぽかんとした。まるで、真次郎がお抱え運転手を強引に押しのけ、「よかったら自分が運転しましょうか？」と突如言い出したかのように。

「ああ、うん」

珍しく言いよどみ、こほんと咳ばらいをした。

「この先また機会があれば、お願いしようかね」

☆

家族五人そろっての夕食は、かなりひさしぶりだった。秋が深まり、めっきり涼しくなってきたので、これまたひさしぶりに鍋である。

今回、鍋奉行の座は母が代行した。父は鍋に向かって箸を伸ばそうとしては、いてて、と情けないうめき声を上げている。

「まだ痛むの?」

腰をさすっている父に、恭四郎はたずねた。

「急に動かすと、響くんだ」

「今日はけっこう長いこと起きてたもんね」

「轟木さんをお迎えするのに、寝たままってわけにいかないからな」

父と母は顔を見あわせて苦笑している。午後に轟木が見舞いに来たらしい。多忙なはずの会長が時間を作ってくれるなんて光栄なことなのだろうが、出迎えるほうも大変だ。

「活を入れられたよ。真次郎に頼ってばっかりじゃだめだって」

「ほんとよね。お父さん、ちゃんとボーナス出してあげないと」

「いいよ、そんなの」

これまでろくに口を利いていなかった真次郎が、ぼそりと言った。ふだんなら、ここぞとばかりに胸を張ってみせそうなのに、反応が鈍い。

「たいしたことはしてないから、おれは」

胸を張るどころか、えらく謙虚だ。一日働き詰めで疲れているのかもしれない。実際、真次郎にはけっこうしわ寄せがいっているだろう。父の不在で仕事量が増えている上に、気苦労もあるに違いない。例の女のこともまだひっかかっているようだ。なんかやつれてたけど大丈夫なの、と瑠奈も心配してくれていた。

恭四郎と瑠奈の仲は、おおむね元通りに戻りつつある。優三郎が家出したときに情報交換――ふたりとも詳細は知らず、交換できるほどの情報もなかったが――したのをきっかけに、また連絡をとりあうようになった。はじめは多少ぎくしゃくしたけれど、恭四郎があえて普通に接していたら瑠奈も合わせてくれた。

「いや、すごく助かってるよ。真次郎がいなかったら、どうなってたか」

「さっき轟木さんも褒めて下さってたじゃない？」

なおもたたみかける両親を、真次郎は投げやりにさえぎった。

「口先だけでしょ、あれは」

兄の横顔を、恭四郎はそれとなくうかがった。少年時代から体育会系の上下関係を骨の髄《ずい》までたたきこまれている真次郎は、目上の人間にはおしなべて礼儀正しい。こんなぶしつけな物言いは珍しい。

「みんな、父さんのことを待ってるんだよ。おれもせいいっぱいやってるけど、限界があるから。ともかく、さっさと治してもらわないと困るよ」

言葉の端々に棘がある。客から苦情でも寄せられて、ご機嫌ななめなのだろうか。それにしても乱暴な言いようだ。父を責めているようにすら聞こえる。

「そんな言いかたしなくても。お父さんだって、なにも好きこのんで怪我したわけじゃないでしょ」

母がやんわりとたしなめた。

「だけど、真次郎に迷惑かけてるのは確かだもんな。感謝してるよ」

父がとりなすと、真次郎は羽虫をはらうように、うっとうしそうに頭を振った。

「だからもういいって、そういうの。適当なことばっか言われても、全然うれしくないし」

食卓がしんとした。真次郎はむっつりと黙りこみ、母はいぶかしげに首をかしげ、優三郎は兄と父をおろおろと見比べている。土鍋がくつくつと煮える音だけが、静かな部屋に響いている。

下手に出ていた父も、さすがに眉根を寄せた。

「真次郎こそ、どうした？ さっきから、なんかおかしいぞ？」

「悪いけど、信じられない」

真次郎が顔を上げ、きっと父をにらみつけた。

「おれ、今、父さんのことが信じられない」

うなるような低い声に、恭四郎は身構えた。あの女は誰なのか、真次郎はついに父を問いただすつもりらしい。ずっと思い悩んでいるふうだったし、気になるなら本人に確かめればいいと恭四郎もけしかけはしたけれど、なにも家族みんなの前で晒《さら》しものにしなくたっていいのに。

父も真次郎の意図を察したのか、気遣わしげに母を見やった。これからはじまる話の内容からして、妻の様子が気になるのは当然だろう。

母は父の視線を受けとめた。そしてどういうわけか、うなずいてみせた。

「やっぱり、ちゃんと説明しないとね」

やけに決然とした口ぶりで後をひきとって、真次郎のほうに向き直る。

「真次郎は、お父さんに会いにきた女のひとのことを気にしてるのよね？」

恭四郎はひそかに息をのんだ。真次郎も、目をみはっている。

「大丈夫。心配するようなことは、なにもないから」

母が微塵も取り乱していないように見えないのが、せめてもの救いだ。目をふせて押し黙ってしまった父よりも、むしろ堂々としている。

「心配っていうか、知りたいだけだよ。本当のことを」

真次郎がぎこちなく訴え、父をちらりと見やった。

「ていうか、母さんじゃなくて父さんに聞いてるんだけど」

そういえばそうだ。どうして母が答えようとしているのだろう。ここは当事者が釈明なり弁解なりすべきではないか。

「だって真次郎、お父さんのことは信じられないんでしょう？」

「それは、その」

言葉を詰まらせた真次郎に、母はいたずらっぽく笑いかけた。

「冗談よ。実はね、これはそもそもお母さんの問題なの。あの女のひとは、お父さんじゃなくてお母さんに会いに来たのよ」

「えっ、うそ」

恭四郎は思わず声をもらしてしまった。「妻と愛人の話しあいみたいなこと?」と思い浮かんだままを口にするのはいくらなんでもはばかられて、無難に言い換える。

「お母さんの知りあいなの?」

「うん。一応ね」

答えたそばから、母は言い直した。

「知りあいっていっても、よく知らないいんだけど。関係者、ってとこかな」

ますます意味がわからない。

「どういうこと?」

「ごめんごめん、わかりにくかったね」

母の口ぶりには、引き続き気負いがない。

「あのひと、お母さんの妹らしいのよ」

「妹?」

兄弟三人の声がそろった。

「そう。お母さんの母親の娘、なんだって」

他人のことを紹介するかのような軽い調子で、母は言った。

母の産みの母親、つまり真次郎たち兄弟にとっては祖母にあたる女性について、これまで話を聞いたことはなかった。出生にまつわる記録も残っていないというし、てっきり消息不明なのだとばかり思っていた。

実際のところ、消息不明ではあったらしい。捨てられた赤ん坊が中学生になるまで、十数年もの長い間。

母方の祖母と名乗る女性が施設を訪ねてきたのは、母が十五歳のときだった。

ただし、母は彼女とじかに対面してはいない。施設の職員にも再三諭されたものの、どうしても会う気になれず、頑として辞退した。

「思春期だったしね、意地張っちゃって。後から聞いたら、かなり勇気を出して会いに来たみたいで、悪いことしたかなとは思ったけど」

そこで当人のかわりに職員が話を聞いた。祖母もまた、実の娘と長らく音信不通になっていたという。ところが、その娘が最近になってふらりと実家に顔を出した。十年以上も前に赤ん坊を産み、育てられずに手放した、と打ち明けられて祖母は仰天した。わが子が出産していたことさえ知らなかったのだ。

「そのお祖母《ばあ》さんが間に入って、母親に認知させられるかもって言われたんだって。でも、それも断った。とにかく、かかわりあいになりたくなかった」

母はそっけなく言い添えた。

「向こうだって、わたしとかかわりあいたくなかっただろうし」

「そんな」

反射的に否定しかけて、真次郎は唇をかんだ。おそらく母の推測は正しい。施設を訪ねてきたのは祖母だけで実母本人は現れなかったという事実が、それを物語っている。

「つまり、結局なにも変わらなかったってこと」

母は淡々と続ける。

「わたしに親はいない。物心ついたときからずっと、その前提でやってきた。なのに今さら、顔を見たいって言われてもね」

実の母親が会いたがっているというのが、妹――母にとっては異父妹――の訪ねてきた理由だった。

どうやって番号を調べたのやら、いきなり母に電話がかかってきて、近くまで来ているから時間をもらえないかと切り出されたそうだ。あらかじめ連絡するより断りづらいだろうと踏んだのかもしれないが、その思惑は裏目に出た。母は四国の養護施設に泊まりこんでいて留守だった。そうでなくても、唐突な頼みごとを受ける気は毛頭なかった。

「それでお父さんに相談して、かわりに断ってもらうことにしたの。押しつけちゃって申し訳ないとは思ったんだけど」

母が言葉を切って、隣の父を見やった。

「お父さんも、そのほうがいいって言ったんだ。第三者のほうが冷静に話せるだろうし、説得しやすいんじゃないかと思って」

でも、そう簡単にはいかなかった。

「丁重にお断りしたら、一度は納得してくれたんだけどな。やっぱりあきらめきれなかったみたいでね、また会いに来た」

父は真次郎に目を向け、「あのときだよ」とつけ加えた。見覚えのある顔だと真次郎が感じたのは気のせいではなかったのだろう。半分とはいえ彼女と母は血がつながっているのだ。

「おれにも話してくれればよかったのに」

「みんなには黙っててって、お母さんが頼んだの」

母が割って入った。

「楽しい話じゃないし、よけいな心配かけたくなくて」

気持ちはわからなくもないけれど、そのせいで真次郎はとんちんかんな「心配」をしてしまったわけである。

「ていうか、こっちこそごめん。おかしなこと考えて」

にわかに恥ずかしくなって、父に謝った。父は母のために招かれざる客を追い返そうとしていただけだったのに、早合点して濡《ぬ》れ衣《ぎぬ》を着せてしまった。

「いいや。ちゃんと説明しそびれてて、こっちも悪かった」

「お父さん、おれもひとつ聞きたいんだけど」

恭四郎が口を挟んだ。

「怪我したときも、その妹ってひとと一緒にいたんだよね？」

「そうだけど。え、恭四郎たちも会ったのか？」

「ううん。おれらが病院に着いたときには、もう帰った後だった。真ちゃんが受付で話を聞いたんだって」

恭四郎は説明し、重ねてたずねた。

「もしかして、お父さんの怪我はそのひとのせいだったりする？」

「いや、それはないよ。喋るのに夢中で、足もとまで気が回ってなかったんだな。こっちはうんざりしてるし、あっちはあっちでいいかげん焦《じ》れてるし。で、お互い熱くなってきて」

言い争いは平行線をたどり、足もとがおろそかになるほど激しい口論にまで発展した。

「途中で、向こうが金の話を出してきてね。あれがよくなかった」

母は実母に認知されていないため、戸籍上のつながりはない。従って相続権もない。ただ、遺言によって遺産を渡すことはできる。

「だから、会ってさえくれたら善処するって」

「つまり、交換条件ってこと？」

恭四郎が眉を上げた。

「まあ、そうだな。あっちにしてみれば、最後の切り札だったのかも」

「金で解決するつもりかよ?」

真次郎はかちんときた。ばかにしている。

「ひどいね」

日頃は穏和な優三郎さえ憤慨している。

「お父さんも、頭にきてな。ばかにすんな、って言ってやった。言ったっていうか、叫んでた」

「で、そのまま颯爽《さっそう》と去っていこうとしたのよね?」

重くなった場の空気をほぐそうとしてか、母が茶化すように言った。

「そうそう。ちょっと詰めが甘かったな」

「じゃあ、やっぱりあっちが悪くない?」

恭四郎が不服そうに言った。真次郎もそう思う。

「いや、怪我そのものはお父さんの不注意だよ。救急車も呼んでもらったし、あんまり文句は言えない。ただまあ、向こうも責任は感じたみたいだったな」

それはそうだ。まったく責任がないとは言いきれまい。相手は乗り気でないのに、しぶとく無茶を通そうとしている罪悪感もあったかもしれない。怪我をした父を放っておけずに病院まで同行してくれたことからしても、最低限の良識は持ちあわせているのだろう。

「チャンスだと思って、強めに言ったんだ。いくら頼まれても無理なものは無理だから、もう来ないでくれ、って」

父が芝居がかった太い声を出す。

「向こうもひるんでたよ。腰が痛すぎて、ものすごい顔になってたのかもな」

おかげで、やっとあきらめてくれたらしい。以後、音沙汰《おとさた》はないという。

「ありがとう。ほんとに助かった」

母が微笑んだ。

「そういうことなの。お騒がせしてごめんね」

息子たちの顔を見回して、ほがらかにしめくくった。


翌週、恭四郎は車で父を病院に連れていった。

父は週に二日、リハビリに通っている。だいぶ快復してきたのをみはからい、在宅勤務をしていた母が出社することになって、恭四郎が運転手役を交代した。

「すまんな、世話になって」

帰りの車で、父はあらたまって頭を下げた。

「しょうがないでしょ、怪我してるんだから」

「いや、そろそろ普通の生活に戻していかないと。ある程度は動いたほうが治りも早いって今日も言われたし」

「無理しないでよ。ま、真ちゃんは助かるかもだけど」

「真次郎にも苦労をかけて、申し訳ないよ」

父が眉を下げる。

「いいんじゃない？　日曜の話で、誤解も解けたし」

父の浮気疑惑にけりがついて、真次郎は見るからに元気を取り戻している。

「気にしてるだろうとは思ってたんだけどな。まさか、あそこまで思い詰めてたとは」

「お父さんは悪くないよ。真ちゃんが勝手に騒いでただけで」

「真次郎はまじめだからなあ」

「まじめっていうか、頭が固いんだよな」

産みの母親と会わないという母の決断にも、後から疑問が芽生えたようだ。この世にたったひとりの母親と縁が切れたままで、本当にいいのか。やっぱり会っておけばよかったと後々悔やまないとも限らない、というのだった。

母の実母ということは、かなり高齢のはずだ。来し方を振り返り、放ったらかしにしてきた娘に謝っておきたいと思いたったのだろうか。ドラマなんかでもたまにある。今まで悪かった、どうか許しておくれ、と涙ながらに謝罪する場面が目に浮かぶ。ドラマであれば、親子はめでたく和解する。真次郎ならほだされるかもしれないが、恭四郎はそう単純に心動かされない。謝りたいというと聞こえがいいけれど、要は許されたいだけなんじゃないか。娘の気も知らずに、心残りを片づけて自分だけすっきりしようなんて、虫がよすぎる気がする。

それとも、当の母には、もうそこまで強い感情はないのだろうか。思春期の頃は祖母との面会さえ拒絶したというが、それから何十年もの月日が流れ、自身も四人の子の母親となっている。さばけた性格からして、恨みつらみをひきずっているとも思えない。この間話をしてくれたときも、熱くなっている気配はなかった。

「どうするのがいいんだろうね？」

父にも意見を聞いてみた。

「そうだなあ。やっぱり、お母さんしだいだと思うけど」

しばらく考えてから、父は答えた。

「親子の問題って難しいんだよ。お客さんにもよく相談される。お母さんほど極端じゃなくても、疎遠になってるとか、縁が切れかかってるとか」

「うわ、ややこしそう」

父はともかく、真次郎は上手にさばけるのだろうか。

「まあ、それを言うならお父さんだって、親と仲がよかったわけじゃないし」

父が遠い目をして言い添えた。父方の祖父母は恭四郎が物心つく前に亡くなっている。田舎には親戚がいるはずだが、つきあいはない。

「おれがお母さんの立場なら、どうしたいだろ」

母の境遇は恭四郎のそれとあまりにもかけ離れていて、想像しづらい。面識すらない母親に、子どもはどういう感情を抱くものなのだろう。

「好奇心はあるかも。いっぺん顔くらいは見てみたいかな」

たとえば虐待を受けたとか、つらい記憶が残っていれば、二度と会いたくないかもしれない。でも赤ん坊のときに別れたきりなら、いわば見ず知らずの他人に近い。捨てられたことへの屈託はあるとしても、そんなに強烈な嫌悪を感じるものだろうか。

「なるほどな」

今度は父が考えこんでいる。恭四郎はおずおずと言い添えた。

「甘い、かな?」

親がいないせいでなにかと苦労を強いられてきたとしたら、そうのんきな態度ではいられないかもしれない。迷惑をかけられて怒るのはもっともだ。

「知ってるんだよ、顔は」

父がぽつりと言い、恭四郎は意表をつかれた。

「ああ、写真とか?」

それなら、わざわざ会うまでもないだろうか。いや、写真でしか知らないからこそ、よけいに本物を見てみたくなることもありうる。

「いいや」

父が首を横に振った。

「一度だけ、会いにいったんだ。大昔のことだけど」

三十年以上も前だというから、確かに大昔だ。

発端は、以前訪ねてきた祖母の死だった。中学を卒業後、上京して就職していた母のもとに、施設から一通の封筒が転送されてきた。中には数枚の一万円札とともに、生前に対面しそこねた孫娘に宛てた短い手紙が同封されていた。詫びの文句が連ねられた末尾に、実母の暮らしている大阪の住所が書き添えてあった。

母は二十歳で、父と結婚の約束をかわしたばかりだった。話を聞いた父は、婚約者のために大阪まで同行することにした。

「知りあった頃から、わたしは天涯孤独なの、ってお母さんは言ってた。全然重たい感じじゃなくて、あっけらかんとしててね。明るいんだ」

実の親なんかどうでもいい、なんの関係もない赤の他人だ、と母はことあるごとに言っていた。だが、むきになってそう言い張るのは、実は意識しているということの裏返しではないかとも父には思えた。

「だから、この機会に正面から向きあえば、気持ちの整理もつくんじゃないかと思って。本人もはりきってたしな。幸せになったところを、見せつけてやりたいって」

肉親の助けなどなくても自力で立派にやっていると思い知らせ、見返してやるのだと意気ごんでいたという。

手紙を頼りにたどり着いた所番地には、瀟洒《しょうしゃ》な一軒家が建っていた。母が呼び鈴を押すと、ほどなく玄関のドアが開いた。

「びっくりしたよ」

なんともいえない表情で、父は言う。

あらためて名乗るまでもなかった。母と娘は瓜《うり》ふたつだった。どちらも顔をこわばらせていたせいで、なおさらそう見えたのかもしれない。ふたりとも、食い入るように互いを見つめあっていた。

「すごく長く感じたけど、実際はせいぜい一分かそこらだったかもな」

重苦しい沈黙を破ったのは、家の奥から響いてきたあどけない声だった。ママ、と聞こえた。ママ、どこにいるの？

実母がはっとしたように身じろぎした。

「で、ドアを閉めた。娘が呼んでるので失礼します、って言って」

二十年ぶりに再会した、もうひとりの娘の鼻先で。

「なにそれ、信じられない」

恭四郎は啞然《あぜん》とした。それで今さら会いたいなんて、よくもぬけぬけと言えたものだ。

「しかも娘をさしむけてくるって、どういうこと？」

使者として遣わされた異父妹こそ、かつて母たちが玄関先で耳にした声の主なのかもしれない。そうだとしたら、いよいよ実母の神経を疑う。

「体調がよくないらしい。もう長くないって。それで娘さんもあせってたんだな」

「関係ないよ、そんなの。あっちの都合でしょ」

「お母さんも、まったく同じことを言ってたよ」

父が力なく笑った。

「親子だなあ」

★ / ★

父が職場復帰を果たした数日後、真次郎は思いもよらない相手から呼び出された。

「こっち、こっち」

星月夜の店内に入るなり、奥のボックス席から手招きされた。

「しばらくだな」

父親そっくりの物言いで真次郎を迎えたのは、轟木ジュニアである。向かいの席をすすめられ、真次郎は腰を下ろした。

「今回はありがとうな。ぱあっといこうや。好きなだけ飲んでいいぜ」

そう言う本人は、飲みさしのグラスを手に持っている。

「景気よくドンペリといきたいとこだけど、この店にそんな気の利いたもんはないもんな」

「悪うございましたね」

真次郎のおしぼりを運んできてくれた月子ママが、頬をふくらませてみせる。

「また今度、ちゃんとした店で飯でも食おう。今日はとりいそぎ、前祝いってことで」

勢いに圧《お》されて割りこみそびれていた真次郎は、ようやく口を開いた。

「すみませんが、なんの話ですか」

ジュニアは星月夜を通して連絡をよこした。直接会ってお礼したいんだって、と瑠奈から聞かされたものの、真次郎にはさっぱり心あたりがなかった。そう伝えれば通じるとだけ言われたというので、ひとまず日どりだけ決めたのだった。

「なんの話って、決まってんだろ。親父のことだよ」

さもわかりきったことのように言われても、真次郎にはやはりぴんとこない。轟木会長とは、父を見舞ってもらった日、別れ際に気まずいやりとりをしたきり会っていない。

「ほら、親父のあれだよ、あれ」

「あれ、というと?」

「なんだよ、聞いてないのか?」

轟木が眉をひそめた。左右を見回し、身を乗り出して真次郎に耳打ちする。

「完全に引退することになったんだよ、親父が」

「えっ」

初耳だった。父からもなにも聞いていない。

「正式な発表はまだなんだけどな」

ジュニアが唇の前にひとさし指を立てた。年度末で会長職を退くと自ら宣言したという。今のところ、知っているのは家族と役員くらいらしい。

「なんだ。てっきり、あんたがうまいこと根回ししてくれたのかと」

「いえ。僕はなにも」

「だって、お宅に見舞いに行ったすぐ後だよ。秘書に確認したから間違いない。そういや親父さん、腰をやったんだって？」

あれはきついよなあ、とこれまた親子で似たようなことを言う。

「まあいいや、とにかくめでたいことには変わりない。ママ、水割り作ってやってよ」

上の空でジュニアと乾杯し、真次郎は記憶をたどった。

父が入院した後、直近で予約を入れている客たちに連絡しようとして轟木の名前を見つけたときの違和感を思い出す。前回の予約から日が浅いのに、特別な用件でもあるのかといぶかしんだが、ひょっとしてこのことだったのか。

轟木は東泉堂に来店するかわりに、わが家まで訪ねてきた。仕事帰りの真次郎とはほとんどすれ違いで帰っていったから、父とどんな話をしていたのかは知らない。後から確かめもしなかった。夕食のときに母の爆弾発言があって、それどころではなくなった。

ただ、ジュニアの言うように、父が轟木の進退を占ったとは思えない。あの日はまだ、とても占いができるような状態ではなかった。ひとりで歩くことすらおぼつかず、母が手厚く世話を焼いていた。轟木がいる間はかろうじて起きて応対したものの、見送った後はすぐベッドに戻って夕食まで寝ていたくらいだ。それに、轟木氏の引退問題となると一大事である。たとえ体調が万全だったとしても、絶対に間違いのないように細心の注意をはらわねばならない。仮に頼まれても丁重に断ったに違いないし、轟木のほうだって、無理やり怪我人に占わせようとはしないはずだ。

「どうした？　酒が進んでないぞ？」

顔をのぞきこまれて、真次郎はわれに返った。

「そっちは、代替わりはしばらく先になりそうだもんな」

心底気の毒そうに、ジュニアは言う。

「そのほうがいいです。自分はまだ、半人前なので」

謙遜《けんそん》したわけではなかった。轟木会長にも、父の代理として占おうかという申し出を一蹴されてしまった。もっとも、それでよかったのかもしれない。こんな重大な問題を占うなんて、荷が重すぎる。

「そんな暗い顔するなって。待てば海路の日和《ひより》あり、っていうぞ」

ジュニアが痛ましげに頭を振り、真次郎のグラスにウイスキーをどぼどぼと注ぎ足した。

「まあ飲めよ。いやなことは忘れて」

すすめられるまま、真次郎はウイスキーをぐいとあおる。上等の酒なのだろう。味のわからない真次郎にはもったいない気もする。

「いい飲みっぷりだ」

ジュニアに褒められた。目尻にしわが寄ると、父親の面影が濃くなる。

「親父が言うには、前々から考えてたんだと。そうならそうと言ってくれりゃ、こっちだって安心できたのに。ほんと、勝手だよ」

轟木会長の辞意はほぼ固まっていたということか。念のため占ってもらっておこうと一度は考えたものの、怪我のせいであきらめたのだろう。もしかしたら、見舞いがてら引退の意向を父にも報告したのかもしれない。

「でもまあ、終わりよければすべてよし、ってな」

真次郎は気を取り直してグラスを干した。

轟木会長は自分で終わりを決めていた。すでに結論は出ていたから、あえて真次郎に占わせるまでもないと判断したのだ。きっと。

★ ★ ★

飛行機を降りると、真っ青な夏空が広がっていた。

強い陽ざしのさしこむガラス張りの通路を歩きながら、優三郎はうんと伸びをした。七時間超えのフライトで、すっかり体がこわばってしまっている。

「いい天気だね」

はずんだ足どりで半歩先をゆく恭四郎が、首をめぐらせて振り返った。

「優ちゃん、眠れた?」

「うん、まあまあ」

羽田を発ったのは深夜だったし、倉庫で一日働いた後でくたびれていた。機内食をたいらげるなりいびきをかき出した恭四郎にはかなわなかったものの、優三郎もいつのまにか寝入っていた。

三列のシートの通路側に恭四郎、真ん中に優三郎、そして窓側には真次郎が座っていた。生まれてはじめて飛行機に乗った真次郎は、離陸前からそわそわしていた。お母さんと一緒なんだから墜《お》ちないよ、びくびくすることないって、などと恭四郎がからかうものだから、危うく喧嘩になりかけた。ふたりの間に挟まれた優三郎の身にもなってほしい。

優三郎自身も、飛行機に乗り慣れているわけではない。一度目は高校の修学旅行、次が昨秋の九州行きで、今回は三度目になる。それに国際線ははじめてだ。税関やら出国審査やら、いちいちまごついた。

家族旅行をしようと真次郎が言い出したのは、半年も前のことである。

父の快気祝いという名目だったが、兄弟の間ではもうひとつ隠れた目論見《もくろみ》もあった。母さんを元気づけよう、と真次郎は弟たちに言った。実母がらみの一連の騒動で、精神的に疲れているはずだから、と。優三郎も恭四郎も異論はなかった。母はふだんと変わらず明るいけれど、家族を心配させまいと気丈にふるまっているのかもしれない。恭四郎から、若かりし母が大阪まで出向いた顛末《てんまつ》も聞かされて、いっそう心が痛んだ。兄弟で相談し、温泉宿をいくつかみつくろって両親にも打診してみた。ふたりとも乗り気だった。

ところが、いざ日程を決めようとしたら、五人の予定がなかなか合わなかった。それぞれ仕事があるし、就職活動がはじまった恭四郎も忙しそうで、延び延びになってしまっていた。

そしてその間に、温泉にかわって予想外の行き先が候補に上ってきた。

入国手続をすませて到着口を抜ける。色とりどりのアロハシャツを身につけ、首から花輪をぶらさげた出迎えの人々が、ずらりと並んで待ち受けていた。満面の笑みで歓迎の意を表してくれているようだ。恭四郎が両腕を広げて、うきうきと言う。

「さすがハワイ」

はるばるハワイまで足を延ばすことになった理由は、いくつかある。

まず、ハワイには轟木家の別荘がある。自由に使っていいと言ってもらったと聞いて、てっきり轟木会長――この春に会長職を退いたそうなので元会長だ――が父にすすめてくれたのかと優三郎は思ったが、実は世代がひとつずれていた。真次郎が轟木の息子から持ちかけられた話らしい。

今後は息子が東泉堂に通うのだろうか。経営者が代替わりすると、そんなところも引き継ぎがなされるのかと納得しかけていたら、そうではないと真次郎は言った。

「息子のほうは、占いには関心ゼロだから」

「ゼロっていうか、マイナスだな」

横で聞いていた父も、つけ足した。恭四郎がけげんそうにたずねる。

「じゃあ、なんで親しくなったの？」

「飲み友達みたいなもんかな。星月夜でたまに会うんだ」

「よかったね、仲よくなれて。真ちゃんは友達少ないもんね」

いつもながら、ひとこと多い。真次郎がすかさず反論した。

「恭四郎が多すぎるんだろ」

真ちゃんだって僕よりは多いよ、と慰めるべきかどうか、優三郎は少し迷った。それは慰めになるだろうか。

「どうでもいいつきあいはしない主義なの、おれは。量より質だろ」

「友達少ないひとって、みんなそう言うよね」

訳知り顔の恭四郎は無視して、真次郎は続けた。

「月子おばさんにもすすめられたよ。めちゃくちゃ癒されるって」

バブルの時代に、なじみの客に連れていってもらったらしい。「いいなあ」と母がうらやましげに嘆息して、父と顔を見あわせた。

「新婚旅行もハワイがいいって話してたんだけど、お金がなくてね」

ともすればリゾートとしての商業的な側面が喧伝《けんでん》されがちだが、先住民から受け継がれた独特の文化が根づき、神秘的な雰囲気も強いという。古来、島に宿るという神々は人々から敬われ、神官や祈禱師も活躍していた。父は職業柄、そのあたりにも興味があるらしかった。

「一生に一度は行ってみたいな」

母のひとことが、決め手となった。

時期を選んで早めに格安の航空券を予約すれば、かなり安くつく。別荘のおかげで宿泊費は浮くし、自炊もできるので現地での食費もおさえられる。家族会議を経て、各自、自分の旅費は自分持ちと決まった。

あとはもうひとつ、国内の温泉などではなくハワイに行き先を定めたからこそ、実現できたことがある。

到着口に群がる人々の後ろにのっそりとたたずむ人影をみとめ、優三郎は手を振った。

「お兄ちゃん！」

★

朔太郎はどうもハワイに縁がなかった。

院生時代に一度、国際学会に出席した。発表の後で休みをとって地域固有の苔を見て回ろうと心待ちにしていたのに、あいにく大事な論文の締め切りと重なってしまって、泣く泣くとんぼ返りするはめになった。何年か経ってまた別の学会の予定が入り、今度こそはと楽しみにしていたら、世界的な感染症の流行で会議そのものが中止になった。二度も続けて肩透かしを食らってはおのずと執着も募る。とはいえ、なんのついでもないのに足を運ぶには遠すぎた。

優三郎を通して家族旅行に誘われ、一度は断ったものの、行き先を知って気が変わった。

その後、母からも電話があった。朔太郎が乗ってくるとは誰も期待していなかったようで、みんな喜んでるよ、と何度も言われた。英語もできないし不安だったのよ、お兄ちゃんが一緒に来てくれたら心強いわ。

一緒に、というと語弊がある。現地集合で現地解散、滞在中も自由行動をさせてもらうつもりだ。

到着口から出てきた家族五人は、見るからに旅慣れない雰囲気を漂わせている。母によれば、海外旅行の経験があるのは最年少の恭四郎だけらしい。たったの四泊だし、野宿をするわけでもないのに、いやに荷物が多い。朔太郎のほうは、バックパックひとつで来た。着替えのほか、愛用のルーペとカメラを詰めてある。今回は研究目的の出張ではなく、日にちも限られているので、観察に徹する心づもりだ。土のついた植物は日本に持ちこめず、検疫の手続きもややこしい。

「よかった、ちゃんと会えた」

早足で駆け寄ってきた優三郎が声をはずませた。他の四人もぞろぞろとついてくる。実家に帰省するときは、顔を合わせても特段の感慨はわかないが、外国にいるというだけで少しなつかしく感じる。

これからどうする予定なのか、優三郎にたずねようとしたとき、アジア系と思《おぼ》しき初老の男が声をかけてきた。

「アズマサン、デスカ?」

日本語の発音が少々たどたどしい。朔太郎も含めて六人の「アズマサン」が、はい、とてんでに答えた。

「ハロー、ハジメマシテ」

男はにこにこして一礼した。

「ワタシノナマエハ、ジェイ、デス。オムカエニ、マイリマシタ」

別荘の管理人だという。母のひっぱっていたキャリーバッグをさっとひきとり、先に立って車まで案内してくれる。

「日本語、お上手ですね」

恭四郎が愛想よく話しかけると、管理人ははにかんだ笑みを浮かべた。

「スコシダケ、デス」

「無理しないで、英語でもいいですよ」

語学力に自信があるのかと思いきや、「兄は喋れますんで」と恭四郎はしたり顔で朔太郎を手のひらで示した。

「タスカリマス」

管理人が目尻を下げ、こちらに向き直った。さっそく英語に切り替えて、これからどうしたいかとたずねる。

「別荘に直行して少し休みますか？　それとも町を見て回りたいですか？」

なんでおれが、と心の中でぼやきつつ、朔太郎は通訳係をつとめるはめになった。研究者にとって最低限の英語力は欠かせない。論文の読み書きは原則として英語だし、海外の学会で発表したり質問したりもする。

両親と真次郎は休みたいと答え、優三郎はどちらでもいいと言い、町に行きたそうだった恭四郎も多数決に従った。小型のバンに乗りこんで出発する。朔太郎は助手席に座らされて、あとの五人は後部座席におさまった。

「ハワイははじめてですか？」

ハンドルを握った管理人が、気さくに話しかけてくる。

「家族ははじめてで、僕は一度だけ仕事で来たことがあります。ここは別の島ですが」

「そうでしたか。占いのお仕事で？」

面食らったものの、そういえば彼の雇い主は東泉堂の顧客なのだった。こんなところに管理人つきの別荘を所有しているとは、尋常でない金持ちだろう。

「いえ。僕は研究者です」

「ほう。占いについてご研究を？」

「違います。植物学です」

朔太郎は断固として訂正した。

「そうですか。よかったら別荘の周りを散策してみて下さい。珍しい植物もいろいろあります。この島は自然がとても豊かなので」

管理人は誇らしげに言う。この島の生まれで、若いうちは他島で出稼ぎしていたが、数年前に戻ってきて別荘の管理人となったそうだ。

「ミスター・トドロキには、大変お世話になっています」

「轟木？」

思わず、朔太郎はうわずった声を上げてしまった。

「ほら、轟木不動産の」

固有名詞を聞きとったらしい後部座席の真次郎から、解説が差し挟まれた。

「兄さん、お孫さんと同級生じゃなかったっけ?」

「弟さんは、なんて?」

管理人が問う。まだ頭が働かないまま、朔太郎はとりあえず真次郎の発言を直訳した。

「そうですか、ミスター・トドロキのお孫さんとお友達でしたか」

にこやかに言われ、即答した。

「ノー」

きつい声が出てしまった。

幸い、管理人は前方と後方にせわしなく視線を往復させていて、いぶかしむ様子はなかった。すぐ前をのろのろと走っているキャンピングカーを追い越したいらしい。朔太郎は声を和らげ、言い直した。

「友達というほどのものでは。ただのクラスメイトです」

管理人が豪快に加速してキャンピングカーを抜き去った。

「わたしは、お孫さんとは会ったことがなくて。ミスター・トドロキや息子さんから、ときどきお話は聞いてるんですが」

なめらかに減速しながら話題も戻す。

「どんな方なんですか?」

朔太郎は返事に窮《きゅう》した。

いい奴だった、と流せば穏便にすませられるだろう。轟木家に雇われている管理人を、いたずらに困惑させるのもしのびない。しかし気が進まない。うそはつきたくない。管理人に対してというより、過去の自分に対して。

「ええと、なんと言ったらいいか」

言葉を濁して時間をかせぎつつ、内面ではなく外見を説明したらいいのではないかと思いついた。想定されている答えとはずれるかもしれないけれど、角は立たない。体がでかくて、顔は――記憶をたどろうとして、はっとした。

あれ？　あいつ、どんな顔だっけ？

「覚えてません」

轟木の顔を、朔太郎は今やまったく思い出せなかった。かつては、夢にまでしつこく出てきたのに。一晩中うなされたことさえあったのに。

「もう、大昔のことなので」

すみません、と言い添えた。なんだか愉快な気持ちになっていた。

★
★
★
★

轟木家の別荘は、美しい入り江に面して建っていた。白亜の母屋に広々としたテラスを備えた、海外ドラマや映画に出てくる海辺の別荘そのもののたたずまいだ。おまけに室内はぴかぴかに掃除され、巨大な冷蔵庫に食材が山ほど詰めこんであった。轟木氏の指示で管理人が準備しておいてくれたらしい。

至れりつくせりのもてなしに恐れ入って恭四郎たちが礼を言うと、管理人は奥ゆかしく答えた。

「お礼なら、ミスター・トドロキにどうぞ。わたしはただ自分の仕事をしただけですから」

このくらい簡単な内容なら、恭四郎にも聞きとれる。話すほうは得意ではないし、そもそも面倒なので、通訳は朔太郎に丸投げしているが。

ばかでかいリビングの窓からは、真っ青な海と真っ白な砂浜を一望できる。完璧すぎてどこか作りもののようにすら見える風景にみとれながら、瑠奈も一緒に来ればよかったのに、と恭四郎はあらためて思った。

ちょうど旅行の日どりが決まった頃、真次郎に誘われて星月夜に飲みにいったのだった。そこで例のごとく酔っぱらった真次郎が、瑠奈も同行しないかと言い出した。瑠奈は一瞬だけ目を輝かせたものの、すぐに辞退した。そんなに長く店を空けられない、お金もない、家族団欒《だんらん》をじゃまするのも悪い、と自分に言い聞かせるように理由を並べてみせた。

「全然、じゃまじゃないって。せっかくだし行こうよ。瑠奈ちゃん、優ちゃんと旅行とかしたことないでしょ？」

恭四郎は食いさがった。

「ないけど」

「そりゃあ、ないに決まってる」

真次郎が割りこんできた。

「恭四郎にも話しただろ。瑠奈と優三郎はただの友達で、つきあってるふりをしてただけなんだって」

ぐにゃぐにゃと体を揺らし、カウンター越しに瑠奈をにらむ。

「おれたちまでだますことないのに、ひどいよなあ」

話の腰を折られたことにも、また無神経な物言いにも、恭四郎は内心いらついた。つきあってはいなくても、瑠奈のほうはひそかに優三郎を想っているのだ。

「ビール、もう一本ちょうだい」

いったん話を切りあげる。真次郎の勘違いを正してやりたいのはやまやまだが、瑠奈の秘めた恋心を勝手に暴露するわけにもいかない。瑠奈自身も、恭四郎に本心を見抜かれているとは気づいていないだろう。真次郎が居眠りをはじめるまで待とう。とろんとした目つきからして時間の問題だ。

案の定、さほど長くは待たされなかった。真次郎が舟をこぎ出したのをみはからって、恭四郎はもう一度瑠奈に持ちかけた。

「行こうよ。きっと楽しいよ」

「ううん、やっぱやめとく」

瑠奈は先刻ほど乗り気ではなさそうだった。もしや、熱心に誘いすぎて警戒されてしまっただろうか。

「別に、下心とかじゃないよ?」

恭四郎はあわてて言った。誤解されては困る。恭四郎なりの思惑はあるものの、一般的な意味あいでの下心はない。

「わかってるよ」

瑠奈が笑ってくれたので、肩の力が抜けた。

瑠奈は早く正直な気持ちを優三郎に伝えるべきだと恭四郎は思う。あまりにも長くそばにいて、今さら一歩を踏み出しかねているのだろうが、この状態が長びけば長びくほど、ますます動きづらくなってしまう。非日常的な状況でなら、思いきった行動も起こしやすいはずだ。それも、ハワイである。ロマンチックな告白に、これ以上うってつけの舞台はない。

もちろん、瑠奈の片想いを純粋に応援できるほど、恭四郎は無欲ではない。

恭四郎の見る限り、優三郎は瑠奈を友達として信頼しきっている半面、恋愛感情はひとかけらもない。つまり、瑠奈の恋はおそらく成就しない。それなのに告白するように仕向けるなんて、残酷だろうか。でも、報われない恋にとらわれて時間をむだにするよりは、さっさとあたって砕けたほうが瑠奈のためにもなる。恭四郎自身も、あたって砕けて、多少はすっきりした。かといって、すっぱりとあきらめられたわけでもなく、単純にめでたしめでたしとも片づけきれないけれども。

瑠奈はどうだろう。どうしても優三郎をあきらめられないのなら、それはそれでしかたない。ただ、瑠奈の性格からして、案外さっぱりと気持ちを切り替えそうでもある。恭四郎としては、そこに賭けたい。

「ハワイだよ。行きたくない？　優ちゃんと一緒に」

恭四郎がもう一押ししたとき、不意に横から声がした。

「さっきから、なんでそう優三郎にこだわってんだ？」

見れば、だらしなくカウンターにつっぷしていた真次郎が、ぱっちりと目を開けている。恭四郎は舌打ちしそうになった。

「お前、そんなに瑠奈と優三郎をくっつけたいのかよ？」

さらに、真次郎にしてはなかなか鋭いことを言う。

「だって、瑠奈ちゃんは……」

つい口走り、からくも口をつぐんだ。が、なまじ言葉がとぎれたせいで、微妙な余韻が残ってしまった。

瑠奈がいぶかしげに眉を上げた。

「あたしが、なによ？」

ひたと目を見据えられて、恭四郎は観念した。

「優ちゃんとどっかに行きたいかなと思ったんだよ、瑠奈ちゃんは」

小声で言うと、瑠奈よりも先に真次郎が応えた。

「なんだ、そういうこと?」

にやにやしている。頼むからよけいなことを言わないでくれと恭四郎ははらはらして念じたが、当然ながら真次郎には通じなかった。

「瑠奈は優三郎に惚れてんの?」

「は? なに言ってんの?」

瑠奈が目を見開いた。ほの暗い店内でも、頬にさあっと赤みがさすのが見てとれた。

「いやいや、照れるなって。そうならそうと早く言ってくれよ。水くさいなあ」

真次郎が一段と上機嫌で続け、恭四郎は文字どおり頭を抱えた。最悪だ。小学生かよ。あいつのことが好きなんだろ、と女子をからかっては怒らせたり泣かせたりする無粋な男子が、クラスにひとりかふたりはいたものだ。

「なんなの、ふたりそろってふざけてんの?」

瑠奈はいらだたしげにまくしたてた。

「ありえないでしょ? 前にもちゃんと説明したでしょうが。あたしと優三郎は、友達なんだから。これまでも、これからも、ずうっと」

照れてはぐらかそうとしているにしては、鼻息が荒い。あまりの剣幕に真次郎もたじろいだらしく、助けを求めるかのように恭四郎のほうを見やった。

「ほんとに?」

恭四郎はおそるおそる聞いてみた。

「ほんとに」

瑠奈がきっぱりとうなずいた。

★／★

なだらかな山道を上りきると、いきなり視界がひらけた。

「壮観だな」

展望台の柵越しに独特の光景を見渡して、父が声をもらした。ハワイといえば海の印象が強いけれど、目の前には大海原ではなく赤茶けた台地が広がっている。

殺風景な岩場のようにも見えるここは、火山の火口である。噴火で流れ出た溶岩が冷え固まって、巨大なカルデラが形成されている。一帯は国立公園として整備され、火口の底まで下りて散策できるという珍しい地形が観光客の人気を集めているらしい。数種類のトレッキングコースのうち、火口を見下ろしつつ林の中を進む経路を真次郎たちは選んだ。

滞在二日目、家族六人は二手に分かれている。

火山に行きたいと真次郎が言うと、まず父が乗ってきた。火口を観光したいというより、先住民に聖地としてあがめられてきた場所に関心があるようだ。他の家族も誘ってみたら、サーフィンをしたいと恭四郎には断られ、母と優三郎も別荘での留守番を希望した。朔太郎が同行すると言い出したのは意外だった。いちはやく管理人に相談して、車で送ってもらう段取りまでつけてくれた。

「ちょっと待とうか」

柵の手前に置かれたベンチに、父が腰を下ろした。真次郎も隣に座る。木陰で涼しく、風が心地いい。頭上で鳥がにぎやかにさえずっている。

三人で歩きはじめた当初から、朔太郎は遅れをとっている。しょっちゅう立ちどまっては、ルーペを構えて地べたにしゃがみこんでしまうのだ。ゆきかう人々に奇異の目を向けられてもおかまいなしで、真次郎は他人のふりをしようと早々に決め、父とともに先へ進んだ。疲れてきたら、こうして休憩がてら追いつくのを待つ。

あんなに浮かれている兄を、はじめて見た。なにがおもしろいのだろう。常夏の島らしい鮮やかな原色の花々に目を奪われるというならまだしも、苔である。どこにどんな魅力を感じるのやら、常人にははかり知れない。

「父さん、腰はどう？」

歩きやすい格好で出かけるようにと管理人に忠告されたとおり、けっこう起伏に富んだ本格的な山道だった。真次郎もだいぶ足がくたびれてきた。

「ああ、大丈夫。どっちかっていうと、膝がしんどいかな」

父が左右の膝をさすって答えた。

「最後のほうは平地っぽいから、少しましかもね」

眼下をのぞいてみる。窪地の中央を貫く白っぽい筋が、歩行者用の順路のようだ。豆粒のような人々が、蟻《あり》の行列さながらに歩いている。真次郎たちもこれからあそこまで下っていって、火口を縦断することになる。

「しかし、いいところだな。帰ったら、轟木さんにしっかりお礼を言わないと」

轟木元会長は、引退後もときどき東泉堂に姿を見せている。この間、真次郎も挨拶した。倅がはりきってるよ、と言っていた。やっとおれの時代がめぐってきたってほくほくしてるんだな、お手並み拝見だね。目の上のたんこぶ扱いされて気を悪くするでもなく、どちらかといえばおもしろがっているふうだった。

「それにしても、真次郎がジュニアと仲よくなるとはな。びっくりだよ」

父が言う。責めるような口ぶりではないが、少しばかり気まずくて、真次郎は弁解した。

「いや、仲がいいってほどじゃ。星月夜で会ったときに、ちょっと喋るだけだし」

言おうか言うまいか迷った末に、「なんか勘違いしてるっぽい」とつけ加える。

「親父さんが引退を決めたの、占いの影響だと思ってるみたいで」

「なるほど。それで、うちに恩を感じてるってわけか」

「でもさ、あのとき父さんは占ってなかったよね?」

前からひっかかっていた疑問を、真次郎はぶつけてみた。父が首をかしげる。

「あのとき?」

「轟木さんがうちまでお見舞いに来てくれたでしょ? あれからすぐに引退するって宣言したんだって」

「ああ、そうだったか」

父は顎に手をあて、宙に視線をさまよわせている。

「だいぶ前から、そろそろって考えてはいたみたいだよ。年齢も年齢だしな。ただ、会社のほうでもいろいろあって、あのタイミングになったらしい」

真次郎の顔に目を戻して、神妙に続ける。

「おいおい考えていかないとな、うちも。引き際が大事だって轟木さんにも言われたよ」

「まだ早いって。豊泉先生じゃないとだめだって言うお客さんもたくさんいるし」

真次郎はあたふたと言い返した。父抜きでは、東泉堂は回らない。

「どうかな。いなくなったらなったで、なんとかなるよ」

父はあくまで楽天的だ。真次郎はベンチに座ったまま、肩越しに後ろをうかがった。朔太郎はまだ来ない。

これまで言いそびれていたことを、思いきって口にする。

「実はおれ、父さんのかわりに占いましょうかって轟木さんに言ったんだ。あの日、見送りに出たときに。でも断られた」

引退しようと轟木がすでに思い定めていたのなら、あえて占う必要はなかったのかもしれない。ただ、あの当惑ぶりからして、そもそも真次郎に占わせるという選択肢自体が頭になかったようだった。真次郎が一人前の占い師とみなしてもらえていない証拠だろう。

「おれじゃ力不足なんだよ」

「そんなことはないよ」

「いや、ある」

うつむくと、父に顔をのぞきこまれた。

「真次郎、前にもそんなこと言ってたな？」

言った。それも、あの同じ日に。

といっても、あれは半ば自棄になって、やつあたりしただけだった。今はもっと冷静だ。頭の芯が妙に冴えわたっている感じがするのは、場所のせいだろうか。

「自信がないのか」

父がつぶやいた。真次郎は顔を上げられない。自信がまったくないわけではないけれど、ふとした拍子に不安が襲ってくる。

「まあ、わからなくもないけどな」

「やっぱ、父さんもそう思う？」

ため息が出た。父があわてたように言い直した。

「いや、真次郎のことを言ったんじゃない。自信がなくなるときってあるよな、って思ったんだ」

「父さんでも？」

虚をつかれた。父はいつだって泰然と落ち着いていて、心が揺らぐことなどなさそうに見える。

「あるよ、そりゃ」

父は最前の真次郎と同じようにちらっと後ろを振り向いてから、心もち声を落とした。

「さっきの話だけどな。轟木さんが見舞いに来てくれた日、真次郎の言ったとおり、お父さんは占ってない」

言葉を切り、小さく息を吸って続けた。

「轟木さんのことを占ったのは、お母さんだよ」


朝食の後で、恭四郎はさっそく海に出た。

サーフボードは物置で見つけた。自由に使ってかまわないと管理人から聞いて、遠慮なく拝借させてもらった。細かい傷がついている程度で、ほぼ新品だ。これも高級品なのだろう。金持ちって本当にいるんだな、と庶民としては感心するほかない。

小一時間ばかり波に乗り、疲れてきた頃合でサーフボードの上に腹ばいになった。砂浜に沿って、轟木家の別荘と似たようなつくりの建物が点在している。管理人の話では、休暇の季節にはにぎわうそうだが、中途半端な時季のせいかひとけがない。

ひとりで海面に浮かんでいると、手足の力が抜けていく。燦々《さんさん》と照りつけてくる陽ざしが、ここ数ヵ月でたまった疲労をじわじわと蒸発させてくれる。

就職活動は、想像以上にくたびれた。

自慢じゃないが、要領は悪くない。しかし、ひたすら数を打つのがきつかった。打っているうちに疲弊してくる。友達の話を聞く限り、恭四郎の打率は決して低くなさそうだったけれど、当然ながら百発百中とはいかず、空振りが続けば気力も意欲も奪われる。これといった志望業界も、特別あこがれる企業もなく、手広く漫然と応募していたのもよくなかったのかもしれない。集団面接では変に意識の高い奴らもいて、自己実現だの社会貢献だのともっともらしく語っていたが、恭四郎はそこまで前のめりになれなかった。心身をすり減らしてまで会社に尽くすのはごめんだ。

もちろん、面接の場で馬鹿正直にそんなことは言わない。志が低い奴だと烙印《らくいん》を押され、不採用になるのもまたごめんだった。仕事を通して成長したいとか、御社の役に立ちたいとか、それらしい志望理由を並べた。とはいえ本音としては、そこそこでいい。それなりの収入が保証され、それなりにやりがいもあり、職場の雰囲気が悪くなければ文句はない。

いくつか内々定が出た中から、電子部品のメーカーに決めた。一般消費者向けの商品ではないので、世間の知名度は高くないものの、半導体部品の分野で高いシェアを誇る会社だ。業績が安定していて福利厚生も万全だし、おっとりした物腰の社員が多くてがつがつしていないところも気に入った。

「半導体?」

瑠奈に報告したら、きょとんとされた。

「なんか、ちょっと意外。商社とか広告代理店とか、華やか系の業界かと思ってた。あとマスコミとか？」

大学の友達にも、似たようなことは言われた。実際、商社も広告代理店もマスコミも、何社か受けた。瑠奈の言うとおり、面接官も周りの学生も華やかだった。人間を陰と陽で二分すると、明らかに陽の側に振りわけられる人々だ。恭四郎もそっち寄りだと自認はしているし、合わせられなくもない。ただ、若い間はいいとして、この先もずっとそれで通すのは疲れそうな気もする。

「まあ、恭四郎っぽいっていえば、恭四郎っぽいかもね。ちゃらちゃらしてるようで、わりと堅実っていうか、地に足がついてるっていうか」

瑠奈は言い、祝い酒をおごってくれた。

「それ、褒めてんの？」

「褒めてるでしょ。なんなら、褒めちぎってる」

そうは聞こえなかったが、瑠奈と気安く軽口をたたきあえるのはうれしかった。昨夏のぎくしゃくした雰囲気をひきずらずにすんで、本当によかった。

恋敵が優三郎ではないと判明して、気分はいっそう浮き立っている。

恭四郎も知っている男だと瑠奈が言ったのは、共通の知人の誰かなのだろう。ふたりとも小中高と同じ地元の公立校に通っていたし、先輩後輩や友達の兄弟姉妹がらみで、ときたま交友関係は重なった。瑠奈と優三郎がつきあっているといううわさを恭四郎の耳に入れた、同級生の姉なんかもそのひとりだ。ただし年齢差もあって、重なるといってもごく浅いかかわりにすぎない。瑠奈が想いを寄せている男も、恭四郎とはたいして親しいわけではないはずだ。子どもの頃に交流があったとしても、今となっては顔も思い出せないくらいかもしれない。

優三郎に対しては、嫉妬したりいらだったりもした。瑠奈とふたりで仲睦《なかむつ》まじく過ごす姿を思い描くと、どうしたって心がささくれだった。でも、顔もわからない相手に、そこまで生々しい感情はわかない。ただただ闘志がみなぎってくる。

ああ、瑠奈に会いたい。

揺らめく波に身を委《ゆだ》ね、恭四郎はサーフボードをひしと抱きしめる。恭四郎がもうあきらめたと瑠奈は思っているようだが、そんなことはない。堅実に、地に足をつけて、静かに好機を待っている。

★/★

真次郎は仰天した。

「母さんが、占い?」

まったくもって初耳だった。しかも、轟木のために占ったのなら、趣味や遊びではないだろう。

「父さんが怪我してたから、かわりに?」

「いや。ここ一番ってときにだけ、助けてもらってきたんだ。今までに二回、いや三回か。これが四度めだな」

正確には、占いとは呼べないかもしれない。母は未来のことを感じとる、不思議な力を持っているという。

「予知能力、ってこと？」

仕事柄、その手の話にまるで免疫がないわけではないものの、身内となると話は別だ。

「そんな大層なものじゃない、って本人は言ってる。予知っていうより、予感らしい」

なにが起きると明確に予言できるわけではない。こうしたほうがよさそうだとか、逆に、やめておいたほうがいいとか、漠然と感じる。

「はじめて聞いたときは、うらやましかったよ。そんな特別な力があったら、どんなにいいかって」

もっとも、よくよく話を聞いてみれば、占い師としてその力を活かすのは難しそうだった。未来にまつわる直感はなんの前ぶれもなく、母いわく「空から降ってくる」。自分の意思では引き出せないのだ。それに、もっぱら自分自身に関する事柄ばかりで、他人についてなにかを感じとることは少ない。

「ただ、ものすごく集中すれば、わかることもあるらしくて」

そのとっておきの機会を、母は轟木のために――また父のために――使ったのだった。

「轟木さんは、母さんのこと知ってたの？」

「ああ。これまでの三回っていうのも、全部轟木さんがらみだからな」

父が体ごと真次郎に向き直った。

「正直、複雑だったよ。特に、若い頃は。どんなにがんばったって、かなわない気がして」

どう相槌を打っていいのかわからず、真次郎は黙って父を見つめ返した。

「けどまあ、開き直ることにしたんだ。悩んでもどうにもならんしな。自分なりに努力して腕を磨くしかない」

どこか達観したような口ぶりに、説教くさい響きはなかった。息子を諭したり励ましたりしようとしたわけではなくて、ありのままの心境がこぼれ出たようだった。

朔太郎が追いつくのを待って、三人で展望台を後にした。

急な勾配《こうばい》を下って火口に降り立ち、先ほどまで見下ろしていた一本道を進む。溶岩の地面はあちこちひび割れて、ところどころガスがもれてくる。火山のあくびか寝息みたいなものだろうか。いきなり目覚めて、元気いっぱいに噴火しないように祈りたい。

よそ見していたら、足もとの石につまずいた。地面に溶岩のかけらがごろごろ転がっている。しゃがんでひとつ拾いあげてみた。手のひらにおさまる程度の大きさでも、ずっしり重い。記念にひとつほしいけれど、持ち帰るには大きすぎる。

小さめのものはないかと物色していると、追いついてきた朔太郎に釘を刺された。

「それ、持ち出せないから」

「え、だめなの?」

「さっき、ジェイが言ってた」

そういえば往路の車中で、なにやら熱心に話しこんでいた。真次郎にはちんぷんかんぷんだし、時差のせいか眠くてたまらず、子守唄がわりに聞き流していた。朔太郎はふだん無口なくせに、英語だと口数が増えている。普通は逆だろうと文句のひとつも言いたくなるのは、話せない者のやっかみだろうか。それでいて気が利かないのは相変わらずで、家族のために通訳してくれるのは最低限の用件のみだ。

「そっか。残念」

手に持っていた溶岩を、真次郎はしぶしぶ地面に転がした。環境を守るためにそういう規則が設けられているのかと思ったが、朔太郎はさらりと言い添えた。

「島の伝説があるらしい」

この火山には女神が住んでいる。山のものを無断で持ち去ろうとした者はその怒りを買い、禍《わざわい》が及ぶと言い伝えられているという。

「赤い服を着たおばあさんがいたら、火山の女神の化身なんだって。もし会えたら、幸運がめぐってくる」

真次郎はあたりを見回した。肌の色も髪の色もさまざまな観光客たちが、思い思いの歩調で通り過ぎていく。赤い服の老女は見あたらない。

すたすたと歩き出した朔太郎の背中に、声をかけてみた。

「兄さんも、そういう伝説とか気にするんだね」

「別に、気にはしないけど。でも、地域の慣習はなるべく尊重することにしてる」

「それは気にしてるってことじゃないの？」

反論が聞こえなかったのか、それとも聞こえないふりなのか、朔太郎は振り向きもしない。

★ ★ ★

テラスに面した浜辺を、赤いワンピースを着た小柄な老女が散歩している。デッキチェアに寝そべってひなたぼっこしていた優三郎と母は、会釈されて目礼を返した。

兄ふたりと父は、朝から火山観光に出かけている。先住民にとっての聖地だと聞き、優三郎は留守番を選んだ。聖地やら霊山やら、いわゆるパワースポットと呼ばれる場所には、軽はずみに近寄らないように心がけている。強すぎるパワーにあてられるのか、気分が悪くなることが多い。

「お母さんも、行ってみたかったんじゃないの？」

つきあわせてしまったなら申し訳ないと思ってたずねたら、母は即答した。

「いいの、いいの。山より海派だから、お母さんも」

もうひとりの海派である恭四郎は、優三郎たちの眼前に広がる入り江で、飽きずに波に挑んでいる。一緒にやらないかと優三郎も誘われたけれど、辞退した。霊気への耐性ばかりでなく、運動神経にもからきし自信はない。

「優三郎も、体調が悪いわけじゃないのよね？」

母が確かめるように優三郎の顔を見た。

「うん、元気だよ」

機中で眠れたおかげか、時差もさしてこたえていない。火山観光を遠慮したのは、いやな予感があったせいではなく、旅先なので大事をとっておこうとしたまでだ。

「そう。確かに、顔色もいいもんね」

母は言い、感慨深げにつけ加えた。

「すっかり丈夫になったねえ、優三郎も」

子どもの頃は、遠出が大の苦手だった。泊まりがけの修学旅行や合宿はなお気が重かった。枕が変わると寝つけず、決まって体調を崩した。

「おかげさまで」

近頃は特に、心身ともに調子がいい。仕事はまずまず順調で、新年度から副班長に任命された。同じ春の人事異動で、土屋は本社に戻っていった。

「お父さんたちも、楽しんでるかな？」

母が山のほうへ首をめぐらせた。

「煙は見えないね」

「煙？」

「ここの火山って、今も噴火してるんだって。お兄ちゃんが言ってた」

「えっ、大丈夫なの?」

優三郎は不安になったが、母はすましている。

「よりにもよって今このタイミングで大爆発するようなことはないでしょ。そこまで運悪くないもの、わたしたち」

「ねえ、お母さん」

なぜだか急に、聞いてみたくなった。

「お母さんは、悪いことが起きそうなときって、前もってわかる?」

母はぱちぱちとまばたきしている。優三郎はためらいがちに言葉を継いだ。

「僕は、わかることがあるんだ。ときどきだし、気のせいかもだけど」

母が表情をひきしめた。優三郎のほうに体を向けて、座り直す。

「それは、お母さんの血かもね」

昨秋から、気になっていたのだった。異父妹が突然押しかけてきたとき、当の母は留守だったおかげで直接対決を免《まぬか》れた。さすがお母さん、絶妙にかわしたね、と優三郎たちは言いあったものだが、よく考えたら少々間がよすぎる気もした。

「そうね。今思えば、無意識のうちに避けようとしてたのかも。あんなことになるとは、夢にも思わなかったけど」

母も優三郎と同じで、この先なにが起きるのか、具体的なところまで見通すことはできないという。

「ただ、ぼんやり気配を感じるだけ。やったほうがよさそうか、やらないほうがよさそうか。進むべきか、とまるべきか」

そこは、優三郎とちょっと違う。

「僕は、進むかどうか、自分で選べる感じじゃないな」

「お母さんだって、なにもかも思いどおりにできるわけじゃないよ」

母は両手をひらひら振った。

「あのときは、なんだか急かされてるみたいな感じだった。多少無理してでも、行っとかなきゃって。なにか手伝いたいって気持ちはもともとあったけど、ちょうどあのタイミングになったのは、やっぱりそういうめぐりあわせだったのかもね」

母の本能が、会いたくない相手との鉢あわせをどうにか回避しようと試みたのだろうか。

「でも、そういうことだったのかなって気づくのって、たいがい全部終わってからなの。リアルタイムでは、なにがなんだかよくわからない」

「うん、僕もそう」

気をもむだけで手の打ちようがない。どうせなら詳細まで教えてほしい。優三郎の不満が伝わったのか、母は苦笑した。

「お母さんも、昔は納得いかなかったよ。中途半端じゃないの、って。だけど、あらかじめ詳しくわかっちゃうのもこわくない？　このくらいでちょうどいいかも」

「まあ、それもそうだけど」

「そういえば、永泉先生ともこの話をしたことがあってね」

父の占いの師匠である。優三郎と面識はないが、両親の話にたびたび登場するので名前だけは知っている。

母は父とつきあい出してすぐ、先生に紹介されたという。あなたは非常に興味深い能力の持ち主だ、とずばりと言いあてられた。

「先生がおっしゃるには、昔は誰もがこういう力を備えていたはずなんだって」

人間が道具も武器も持たなかった時代には、野生動物が危険を察知するように、自然の中で直感を研《と》ぎ澄まして身を守らなければならなかった。しかし文明が発達するにつれてその感覚はしだいに退化し、やがて失われてしまった。目に見えないものや手でふれられないものの存在を、現代人はもはやほとんど忘れかけている。

あなたの力は人間が敏感だった頃の名残だ、と先生は言った。ひょっとしたら、敏感すぎて心が疲れることもあるかもしれない。でも、感じたことを軽んじたり無視したりすべきではない。自分を信じて生き抜きなさい、と母に説いたそうだ。

「なんだか心強かったな。それまでずっと、自分はなんにも持ってないって思い知らされてたからね。家族も、お金も、学歴も、人生で役に立ちそうなものを、なにひとつ持ってない。でも、この力がわたしを守ってくれるのかもって思えた」

その発想は、優三郎には新鮮だった。そんなふうに前向きにとらえたことは、これまでなかった。どちらかといえば厄介な体質として受けとめていた。臆病さや気の弱さの現れではないかと恥じる気持ちさえあった。

「古代人の生き残りってことね、わたしたちは」

母は不敵に笑い、腰を浮かせた。ビールを飲んだほうがいい予感がしてきたよ、と鼻歌まじりにリビングへ入っていく。

われ知らず、優三郎はつぶやいていた。

「生き残り、か」

朔太郎とキャンプをしたときにかけられた言葉を、思い出す。生き残るのは強い種じゃない。環境にうまく順応できた種だ。

不意に、海のほうから強い風が吹きつけてきた。正面に向き直って、デッキチェアの上で足を伸ばす。恭四郎がサーフボードを抱えて陸へ上がってこようとしている。手を振られ、こちらも振り返す。

なんとはなしに視線をすべらせて、波打ち際を見渡してみた。先ほど別荘の前を通りかかった老女の姿が、はるかに遠ざかっている。青い海と白い砂浜の狭間に赤い花が一輪咲いているみたいで、やけに目をひく。

＊　＊　＊　＊

海から上がってシャワーを浴び、母につきあってテラスでビールを飲んでいるうちに、恭四郎はデッキチェアでうたた寝してしまった。

目が覚めたら、空は茜《あかね》色に染まっていた。ばかでかい夕日が水平線に沈むのを見届けて、屋内にひきあげた。奥のソファに座っていた優三郎がちらりと目を上げ、「おはよう」と言った。

「お父さんたちが戻ってきたら、みんなでごはんにしようって」

夕食の支度をすませた母は、入浴中だという。

「何時くらいに帰ってくんの?」

恭四郎はたずねた。腹ぺこだ。早く食事にありつきたい。

「さあ?」

優三郎は気のない返事をよこした。見れば、ローテーブルの上に色鮮やかなカードが並んでいる。

いつものタロットと絵柄が違うのは、ハワイ仕様だかららしい。気の利く管理人が用意しておいてくれたのだ。これは珍しいと喜ぶ父と真次郎の横で、優三郎はおとなしく見ているだけだったが、内心では興味があったのだろう。

「なに占ってるの?」

恭四郎も優三郎の隣に腰を下ろした。

「いろいろ」

優三郎はカードに目を落としたまま答えた。ゆったりくつろいで日頃の疲れを癒せたのか、顔色がいい。うっすら日に焼けたせいで、なおさら元気そうに見えるのかもしれない。それ以上にたっぷり陽光にさらされていた恭四郎の肌は、ひりひりと熱を帯びて痛いほどだ。

「これは？　どんな意味なの？」

一枚だけ表向きになっているカードには、楽しげに踊る女が描かれている。なんだかめでたそうな絵柄だ。

「世界、っていうカードだよ。完成とか調和とか、そんな感じの意味」

「え、なにを占ったの？」

「いろいろ」

話すつもりはないらしい。しつこく問いただすのも野暮だろうと考え直し、それ以上は聞かないでおく。

「ね、おれも占ってよ」

「いいよ。なにを占う？」

優三郎がカードを手早くまとめた。

「じゃあ、恋愛運で」

「今の相手とうまくいくかどうか、ってことでいい？」

「今の相手、っていうか……つきあってはいないんだけど……」

「じゃ、つきあったらどうなるかを占う？」

「いや。見込みがあるかどうか、かな」

「見込み？」

きょとんとして問い返された。今さら後にはひけず、正直に答える。

「うん。こっちが一方的に好きなだけだから」

せめてもの意地として、今んとこ、と言い添えた。

「一方的に？」

優三郎が繰り返した。カードをさばく手もとまってしまっている。

「悪い？」

恭四郎がむっとして切り返すと、優三郎はあわてたように首を横に振った。

「ううん。珍しいなと思って」

「まあね」

柄ではないと自分でもわかっている。でも、どうしようもない。

「とにかく、占ってみようか」

優三郎が居ずまいを正して、ローテーブルの天板にカードを並べていく。恭四郎もつられて背筋を伸ばした。

タロットによって導き出された結果は、別段目新しいものではなかった。

「今の時点では、彼女の気持ちは他に向いちゃってるかも」

優三郎は言いにくそうに告げた。弟が傷つくのではないかと慮《おもんぱか》ってくれたのだろうが、恭四郎もそれは重々承知している。今さら動揺はしない。

「他って、誰だかわかる?」

思いつきで聞いてみた。個人は特定できなくても、属性くらいはわからないだろうか。

「たとえば友達とか、仕事関係とか」

知らないひとの気持ちなんて、占えるかなあ」

知らないひとではない、と言いたいけれど言えない。

「お願い。ためしにやってみてよ」

恭四郎は手を合わせて頼みこんだ。勢いに圧されたのか、優三郎はカードをもう一度並べ直してくれた。

一枚ひいて、露骨に眉をひそめる。恭四郎は不安になって身を乗り出した。

「なに?」

「もしかしたら、恭四郎も知ってるひとかも」

なんだ、と胸をなでおろす。それも、もうすでにわかっている。

「優ちゃんの占いって、ほんとによくあたるな」

「あ、心あたりがあるとか?」

恭四郎が動じていないので、優三郎はほっとしたようだ。

「うん、一応」

だが、恭四郎が平静を保っていられたのはそこまでだった。優三郎がなにげない調子で言い足したからだ。

「けっこう身近なひとみたいだね」

「身近って、おれにとって?」

恭四郎はのけぞった。

やっぱり、瑠奈は優三郎に片想いしているのか。いや、それはないはずだ。あんなに強く否定していたし、とても演技には見えなかった。でも他に誰がいるだろう。瑠奈の知りあいで、なおかつ恭四郎とも近しい人物となると――いやいや、まさか。

「お父さん?」

声がかすれた。

「大丈夫? あたってるとは限らないから、そんなに気にしないで」

優三郎がおろおろして言う。お父さん、と恭四郎が口走ったのは聞き逃してくれたらしい。

不幸中の幸いだ。

「まいったな」

実の父親を知らない瑠奈は、幼い頃から父になついていた。父は父で、母ともども、瑠奈を娘のようにかわいがっていた。うちは息子ばかり四人で、女の子がいないせいもあっただろう。そういえば父が怪我したときも、瑠奈はずいぶん心配して、なんでも手伝うと申し出てくれた。余裕のない真次郎を見かねたのかと思っていたが、それだけではなかったのかもしれない。

「あたってないよ、たぶん。きっとはずれてる」

懸命に言われれば言われるほど、なぜか的中している気がしてくる。優三郎も逆効果だと悟ったのか、しまいにはばつが悪そうに謝った。

「なんか、ごめん」

「いや。優ちゃんのせいじゃないし」

ここは潔く現実を受け入れるほかない。優三郎の前で取り乱してしまったのは悔やまれるけれど、同時に、開き直るような気分もわいてきた。父が相手なら瑠奈の恋は実りっこない。旅の恥はかき捨てともいう。恭四郎は顔を上げ、口を開いた。

「瑠奈ちゃんなんだ」

思いのほか、堂々とした声を出せた。カードをかき集めていた優三郎が手をとめた。意味がのみこめなかったようで、ぽかんとしている。

「おれ、瑠奈ちゃんのことが好きなんだ」

✡

思いがけない告白に、優三郎はあっけにとられた。

「本人にも伝えた。そしたら、好きなひとがいるからって断られて。最初は言い訳かもって思ったんだけど、ほんとのことみたいでさ」

はずみがついたのか、恭四郎は早口でたたみかけてくる。

「で、その相手は、おれも知ってるひとだって。優ちゃんが占ってくれたとおりだよ」

「あ……」

優三郎は口をおさえた。しまった、と思ったが遅かった。優三郎の目が泳いだのを、恭四郎は見逃さなかった。

「もしかして、瑠奈ちゃんからなんか聞いてたりする？」

占いはさておき、瑠奈と仲のいい優三郎なら、本心を打ち明けられているのではないかと考えたのだろう。

「聞いてないけど」

「けど？」

恭四郎がずいと詰め寄ってくる。

「けど、なに？　優ちゃん、心あたりがあるってこと？」

「いや、僕が勝手に勘違いしてるだけかも。本人から聞いたわけでもないし」

焦らすつもりはないが、どうしても歯切れが悪くなってしまう。

「だから、誰なの？　もったいぶらないで、教えてってば」

今にもつかみかからんばかりの勢いでたずねる恭四郎に、優三郎はこわごわ言った。

「真ちゃんじゃない？」

恭四郎が目をむいた。口をぱくぱくしている。

「いや、わかんないよ。でも、前からなんかそんな気がしてて」

真次郎と一緒にいるとき、瑠奈の様子はなんだかいつもとちょっと違う。どこがどう、と明確に言葉にはできないけれども、なにかが違う。

いつからそう感じるようになったかというのも同じく定かではないものの、強いていえば、高校時代に瑠奈が真次郎に勉強を教わるようになって以来、ふたりの距離が縮まった気がする。やればできるのにって言われちゃった、と照れくさそうに笑った瑠奈の表情が、印象に残っている。

瑠奈に指摘したことはない。本人がなにも言わないのに詮索するのもさしでがましいし、切り出すきっかけも難しい。恋心というより、兄に対する親愛の情とでもいうべきものではないかと優三郎なりに解釈していた。ついさっきまでは。

しかし、恭四郎の言い分と占いの結果を照らしあわせれば、瑠奈はごく身近な人間に恋をしているようだ。となると、優三郎のささやかな違和感はまた別の意味を持ちうる。

「なんで?」

「だから、わかんないってば。雰囲気っていうか、なんとなく?」

優三郎はしどろもどろに答えた。が、恭四郎は優三郎がどうしてそう思うのかを知りたかったのではないらしかった。

「なんで、真ちゃんなの?　どこがいいわけ?」

悲愴《ひそう》な顔つきで、足をじたばたさせている。

「いや、おれだって、真ちゃんのことは普通に好きだよ。ときどきいらつくけど、基本いい奴だし。でも、女受けはしなくない？」

優三郎も女心に詳しいわけではないので、なんとも言えない。

真次郎に長らく女っ気がなさそうなのは事実だ。野球部で活躍していた頃は女子にもそれなりに人気があったようで、中学時代はかわいらしいマネージャーとつきあってもいた。でも怪我で引退して以降、浮いた話は聞かない。真次郎の性格からして、恋人ができれば家族に紹介してくれるだろう。

「僕の気のせいかも」

優三郎は言った。われながら自信なげな声が出て、「なんか、ごめん」と再び謝ってしまう。


信じられない。信じたくもない。けれど、瑠奈と誰よりも親しい優三郎の意見には、それなりに信憑性《しんぴょうせい》がある。

真次郎と瑠奈がふたりでいる場面を、恭四郎は思い返してみる。星月夜のカウンター越しに、他愛のない雑談に興じる瑠奈の横顔が脳裏に浮かぶ。いつも楽しそうといえば楽しそうだが、真次郎相手だからことさら盛りあがっているとも思えなかった。接客中の瑠奈は、いつでも誰にでも愛想がいい。

たいていは。

「あ」

わりと最近、例外があった。脳内でほがらかに笑っていた瑠奈が、だしぬけに血相を変えて怒り出す。

ハワイ旅行の話をしていたときだった。より厳密にいえば、真次郎が「優三郎に惚れてんの？」と言い放った瞬間から、様子が一変した。瑠奈はただならぬ形相で、そんなことはないと言い張った。

そういうことか。

恭四郎はソファの背にへなへなと寄りかかった。優三郎の推測はおそらくあたっている。さすがに長く瑠奈のそばにいるだけのことはある。瑠奈は真次郎に——真次郎にだけは——誤解されたくなかったのだ。だから、あんなにも躍起になって否定した。そう考えれば全部つじつまが合う。

なぜ瑠奈があの真次郎に惚れたのかというところだけは、どうしても納得がいかないけれども。

「大丈夫？」

優三郎がおずおずと聞く。恭四郎は気力を振りしぼって、上体を起こした。

「ん、大丈夫」

半分は空元気だが、強がってみせたばかりでもない。

思わぬ新事実にはたまげたものの、恭四郎にとっては悪くない展開かもしれない。真次郎には失礼ながら、優三郎や父と競うよりは格段にましだ。それに、真次郎が瑠奈とうまくやっていけるとはとうてい思えない。思いこみが強くて融通が利かないところや、なにかと精神論を持ち出しがちなところなんかも、瑠奈をいらつかせるはずだ。相性の面では、恭四郎のほうが断然いい線をいっているだろう。

「おれ、あきらめないから」

宣言したのは、優三郎というより自分自身に対してだった。あきらめないというか、あきらめられない。

優三郎はなんともいえない表情を浮かべている。兄弟と親友を巻きこんだ複雑な三角関係が露見して、微妙な心境になるのも無理はない。急に気恥ずかしくなってきて、恭四郎は話をそらした。

「優ちゃんは、最近どうなの？　なんか調子よさそうじゃん」

元気そうだなとさっきも思ったが、よく考えたら今日に限ったことでもない。ここ半年ほど、あからさまに塞ぎこむ姿を見かけていない。

「もしかして、いい出会いとかあった？」

「ないよ、そんなの」

優三郎は苦笑した。はたと思いつき、恭四郎は質問を変えた。

「例の、めんどくさい上司は？　片がついたの？」

結局どうなったんだろうとふと疑問がよぎることはあったけれど、兄弟喧嘩や優三郎の家出なんかも芋づる式に思い出されてしまい、なんとなく聞きそびれていた。

「片って」

優三郎がまた小さく笑った。

「うん。ついた」

と、晴れやかに言いきった。

☆

海鳥の鋭い鳴き声で、目が覚めた。

ビーチサンダルをつっかけて寝室を出る。ベッドルームは五つもあって、両親が最も広い一室を使い、朔太郎と弟たちはそれぞれ一部屋ずつを割りあてられた。皆まだ寝静まっているようで、物音ひとつしない。

リビングからテラスに出たら、磯の匂いが鼻先をかすめた。夜が明けたばかりの空はひんやりと薄青く澄みわたり、海は穏やかに凪《な》いでいる。

波打ち際に、人影があった。顔ははっきり見えないが、風になびく豊かな銀髪と赤いワンピースから推測するに、年配の女性のようだ。近隣の住人だろうか。踝《くるぶし》まで届く裾《すそ》をひるがえし、悠然と歩いていく。

誘われるように、朔太郎も砂浜に下りた。先客にならい、向かって右手へ足を向ける。いかにも苔が好みそうな、小高い岩場が入り江の端を縁どっている。

靴底がずぶずぶと砂にめりこんで歩きづらい。規則正しい波音に合わせてしばらく歩き、足の裏にくっついた砂をざっとはらっては、また進む。片足立ちのまぬけな体勢で行く手に目をやると、老女は早くも岩場にさしかかっていた。危なげのない足さばきからして、朔太郎の抱いた第一印象より若いのかもしれなかった。不安定な足場をものともせず、岩場のてっぺんまで上りきり、ふと腰をかがめる。

苔だろうか。脈絡のない考えが浮かび、それはないだろうと自答する。履きものの不具合を直したのか、落としものかもしれない。なにかに気をとられているのだとしても、せいぜい花か虫だろう。

再び歩き出そうとして、背後の足音に気づいた。肩越しに振り返る。

「おはよう」

父だった。軽く息を切らしている。

「おはよう」

朔太郎も応えた。あらためて見れば、別荘はだいぶ遠ざかっていた。

父が追いつくのを待って前へ向き直ったら、岩場から女の姿は消えていた。裏手のほうに下りたのかもしれない。

「早いな」

「目が覚めちゃって」

短いやりとりをかわした後は、並んで黙々と歩いた。息せききって追いかけてきたわりに、父は話しかけてこようともしない。朔太郎とて話題の持ちあわせはない。父とふたりきりで過ごすなんて、いつ以来かも思い出せない。意外にも、そこまで気詰まりではない。屋外だし、互いに顔を突きあわせているわけではないからかもしれない。

ほぼ無言のまま、岩場の手前までたどり着いた。大小の岩が重なって天然の階段をかたちづくっている。

朔太郎が先に立ち、父が後からついてきた。さっき女がしゃがんでいたあたりまで上って、一息つく。目の位置がたかだか数メートル高くなっただけで、みちがえるほど見晴らしがいい。期待に違わず、苔むした岩も多い。ルーペを持ってくるべきだったと後悔しつつ、反対側ものぞいてみた。ほとんど絶壁だ。すぐ下は海で、切り立った岩肌に波が打ち寄せている。

女はどこへ行ったのだろう。抜け道のようなものも見あたらない。四方を見回した拍子に、数歩先の岩陰に目が吸い寄せられた。

「どうした？」

かがみこんだ朔太郎の後ろから、父がいぶかしげにたずねた。

「これ。珍しい種類かも」

朔太郎は岩の表面ぎりぎりまで顔を寄せて、目をこらした。

手のひらほどの一角に、見慣れない苔がびっしりと生えている。他はくすんだ褐色や深緑色なのに、どういうわけか、そこだけがみずみずしい緑に染まっている。まるで誰かが気まぐれにペンキをひとはけ塗りつけたようだ。

「ふうん。きれいだな」

父も膝を折ってのぞきこんだ。

「いったん別荘に戻っていい？　これ、ルーペでちゃんと見てみたい」

「そうか。じゃあ、このへんで待ってるよ」

「え？」

「また往復するのは、ちょっとしんどい。年齢《とし》だなあ」

父に二往復させるつもりは、朔太郎にもなかった。ルーペをとって、ひとりでここまで引き返してこようと思っていた。

「急がなくていいからな。転ばないように」

よっこらしょ、と年寄りじみたかけ声とともに、父が手近な岩の上に腰かけた。朔太郎は気を取り直して立ちあがった。

「気をつけて」

父の声を背に受け、岩場を下りはじめる。朝日に照らされた砂浜に、二組の足跡が点々と続いている。

本書は、祥伝社WEBマガジン「コフレ」に二〇二二年七月一日から二〇二三年四月一日まで掲載され、著者が刊行に際し、加筆、訂正した作品です。なお、この物語はフィクションであり、登場する人物、および団体名は、実在するものといっさい関係ありません。

——編集部

あなたにお願い

この本をお読みになって、どんな感想をお持ちでしょうか。次ページの「100字書評」を編集部までいただけたらありがたく存じます。個人名を識別できない形で処理したうえで、今後の企画の参考にさせていただくほか、作者に提供することがあります。

あなたの「100字書評」は新聞・雑誌などを通じて紹介させていただくことがあります。採用の場合は、特製図書カードを差し上げます。

次ページの原稿用紙（コピーしたものでもかまいません）に書評をお書きのうえ、このページを切り取り、左記へお送りください。祥伝社ホームページからも、書き込めます。

〒一〇一―八七〇一　東京都千代田区神田神保町三―三
祥伝社　文芸出版部　文芸編集　編集長　坂口芳和
電話〇三（三二六五）二〇八〇　www.shodensha.co.jp/bookreview

◎本書の購買動機（新聞、雑誌名を記入するか、○をつけてください）

＿＿新聞・誌の広告を見て	＿＿新聞・誌の書評を見て	好きな作家だから	カバーに惹かれて	タイトルに惹かれて	知人のすすめで

◎最近、印象に残った作品や作家をお書きください

◎その他この本についてご意見がありましたらお書きください

100字書評

東家の四兄弟

住所

なまえ

年齢

職業

瀧羽麻子（たきわあさこ）
1981年、兵庫県生まれ。京都大学卒業。2007年、『うさぎパン』で第2回ダ・ヴィンチ文学賞大賞を受賞し、デビュー。19年『たまねぎとはちみつ』で第66回産経児童出版文化賞フジテレビ賞を受賞。著書に『ふたり姉妹』『あなたのご希望の条件は』（ともに祥伝社文庫）のほか、『左京区桃栗坂上ル』『女神のサラダ』『もどかしいほど静かなオルゴール店』『博士の長靴』など多数。

東家《あずまけ》の四兄弟《よんきようだい》

令和 5 年10月20日　　初版第 1 刷発行

著者――瀧羽麻子《たきわあさこ》

発行者――辻 浩明

発行所――祥伝社《しようでんしや》

〒101-8701　東京都千代田区神田神保町 3-3

電話　03-3265-2081（販売）　03-3265-2080（編集）

03-3265-3622（業務）

印刷――萩原印刷

製本――積信堂

ISBN978-4-396-63653-1 C0093
祥伝社のホームページ・www.shodensha.co.jp

祥伝社文庫

好評既刊

人生の選択肢はひとつじゃない。
それぞれが選ぶ道とは？

あなたのご希望の条件は

瀧羽麻子

私のキャリア、停滞ぎみ？
悩めるすべての社会人に贈る、
一歩を踏み出す応援小説。

祥伝社
四六判文芸書

突然の失踪。動機は不明。音信は不通。
消えてしまったあなたへ――

残された人が編む物語

桂　望実

足取りから見えてきた、失踪人たちの秘められた人生。
喪失を抱えて立ちすくむ人々が、あらたな一歩を踏み出す物語。